文春文庫

キサトア

小路幸也

キサトア

Contents

Spring

Summer

Autumn

Winter

主な登場人物

アーチ：ふたごのキサとトアの兄。6年生。病気で色がわからない。

キサ：アーチのふたごの妹のひとり。1年生。日の出とともに目覚め、日の入りとともに眠りにつく。

トア：ふたごの妹のもうひとり。日の入りとともに目覚め、日の出とともに眠りにつく。

フウガさん：アーチ、キサ、トアの父。〈風のエキスパート〉だが現在は休職中。

アミ：〈船場《ふなば》〉の住人。アーチのクラスメイト。スポーツ万能な少女。

メグ：アミと家が隣同士。おとなしい女の子。

カイ：図書委員で、本の虫。趣味は新聞のスクラップ。

リック：単純明快元気な男の子。たまに鋭いことを言う。

セージさん：9年生の生徒会長。みんなの憧れの的。港の管理長の息子でもある。

ミズヤさん：〈水のエキスパート〉。仕事で〈カンクジョー〉に滞在中。
シュウレンさん：〈カンクジョー〉の管理人。
マイカさん：3号室のお客さん。画家。
ロドウさん：6号室のお客さん。船員。
アカリママ：パブ〈ハーバーライツ〉のママ。
ユーミさん：アカリママの姪。美人で気っ風がいい。
ドウバさん：アミの父。漁師で、船場の長でもある。
リュウズさん：マッチ工場の名誉職人。町で唯一の〈マッチタワーコンクール〉のグランプリ受賞者。

キサトア

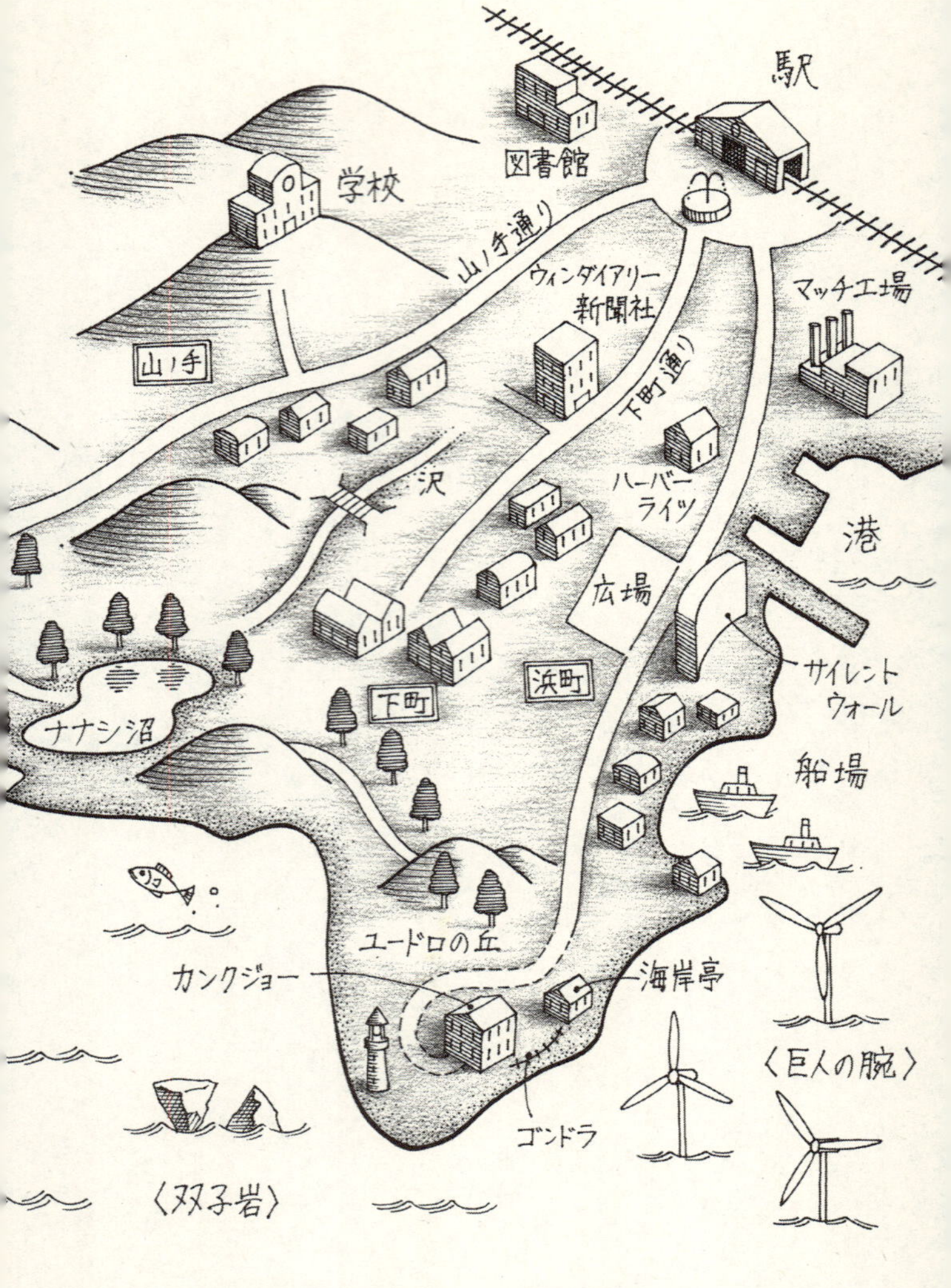
駅
図書館
学校
山ノ手通り
ウィンダイアリー
新聞社
マッチ工場
山ノ手
下町通り
沢
ハーバー
ライツ
港
広場
サイレント
ウォール
浜町
下町
ナナシ沼
船場
ユードロの丘
カンクジョー
海岸亭
〈巨人の腕〉
ゴンドラ
〈双子岩〉

ちゃくちゃく
ちゃくちゃく
かぜのほころび　みずのつなぎめ
ちゃくちゃく
ちゃくちゃく
ながれるだいち　さえずるみどり
ゃく

ねにうけよう
きざもう

単行本　二〇〇六年六月　理論社刊

Spring

五周年の前の日

考える。

そのことだけを考えるようにする。

僕はいったい、何を作りたいんだろう。この作品で僕はみんなに何を見てもらいたいんだろう。

ただキレイだからって、ただカッコいいからっていうだけじゃ完成しない。見た目には出来上がるけど、でも、それにはきっと僕の魂がはいっていない。

いつも父さんが言う「作りたいと真剣に思えば、形がちゃんと浮かんでくるはずだ」っていうのはそういうことかなって、最近は思うんだ。

ちょっと前まではそんなことも考えないでただ作ったり描いたりしてきたけど、去年ぐらいからそれじゃなんだか、なんていうか、納得できなくなってきた。

考える。

とにかく考える。

頭の中がそれでいっぱいになって、その他のものはなんにも見えなくなるまで考える。そうやっていると、急に何かが浮かんできて、本当に作りたいものの、作らなきゃならないもののカタチが見えてくる。

でも、うまくいかないときの方が多い。

そんなときは、ちょっと息を吐いて、肩の力を抜くんだ。

「五周年だね」

「えっ？」

息を吐いて顔を上げて窓の外の真っ暗な海を眺めたときに、うしろから声がした。ふりかえったら開けっぱなしの工房のドアのところにアミがマグカップを二つ持って立っていて、ニコッと笑った。

「来てたんだ」

うん、ってうなずいて部屋の中に入ってきて、アミはマグカップを差し出した。温かいココア。

「ずっと考え込んでたから、じゃましちゃダメだなって思って待ってた」

「ごめん」

ううん、ってアミは笑う。

「そこに座っていいよ」

「うん」

いつもぐちゃぐちゃな僕の工房だけど、テーブルのところだけは片づけてあるんだ。

「五周年、って?」

何だろう。ココアを一口飲んで訊いた。アミもこくんと飲んでから、壁にかかっているカレンダーを指さした。

「四月十七日」

「うん」

今日は十六日だから、明日の日曜日は十七日。

「アーチが引っ越してきてから、五周年の日だよ」

あ、そうか。

「十七日だったっけ」

日にちまでは覚えていなかったけど。

「そうだよ。わたし、覚えてるもん」

そうだ、引っ越してくるのにちょっとバタバタしちゃって、僕は学校の入学式に間に合わなかったんだ。

「最初に会ったのが、わたしだったんだよね」

「うん」

五年前、僕たち家族はずっとずっと南にある町から三日間も列車に乗って、この町に引っ越してきた。

三角形のとんがった先っちょにあるこの町では、海からのぼる朝陽と沈む夕陽が同じ場所で見ることができる。だから父さんはキサとトアのためにここを選んだんだ。それが、そういう環境がキサとトアにとって大切なことだって考えたから。

そしてこの町に来ていちばん最初に友だちになった同級生が、アミ。

父さんに連れられて駅のホームにおりて、キサとトアのベビーカーを押してわくわくしながら町に出た。

駅前にはレンガ造りのロータリーがあって、その真ん中には小さな噴水。アミたちは道路でローラースケートをやっていた。まだ一年生になったばっかりだったから、アミもそんなに上手く滑れていなかったけど、それでも僕よりずっとずっと上手だった。

アミは僕たちの姿を見ると、すーっとローラースケートで滑ってきて、父さんにおじぎをするとキサとトアが乗っていた双子用のベビーカーをのぞきこんだ。

「かわいい！　妹？」

「うん」

それが、僕たちが最初にした会話だ。

もちろん偶然でなんの関係もないんだけど、僕とアミは顔がすごく似てるって言われる。初めて学校に行った日、クラスのみんなに言われて、家に帰ってから父さんに教えると笑っていた。

「あの子だろ？　駅の前で話しかけてきた女の子」

「そう」

「実は父さんもそう思ったんだ。おまえに良く似てるなって」

僕は父さん似だって言われる。真ん丸目玉のキサとトアは死んだ母さんにそっくりだ。だから僕とキサとトアは全然似ていなくて、アミと一緒にいると僕とアミが双子みたいだって言われるぐらい。

海岸通りの船着き場と家が一緒になってる〈船場《ふなば》〉の家に住んでいるアミは、〈船場〉の組合長のドウバさんの一人娘だ。妹が欲しくてしょうがなかったっていうアミは、すぐに僕の家に遊びに来て、キサやトアと一緒に過ごすようになった。学校からまっすぐ家に来て、宿題なんかも一緒にやるようになって、僕たちはどんどん仲良くなっていった。

すらりとしていてスポーツ万能のアミ。

海に面しているこの町の子どもはみんな泳ぎがうまいけど、やっぱり〈船場〉に住んでる子どもたちは抜群にうまい。ボートの扱いも上手だし、あまり泳げなかった僕は、潜り方もボートの漕ぎ方もアミに教えてもらった。

「今作っているの、なに？」

「鳥」

「鳥？」

大きな、大きく羽ばたく鳥の像。世界中探しても宇宙まで探したってきっとどこにもいない、色と形の鳥。行ったことはないけど名前は聞いたことのある大きな町の駅の広場に置かれる。

「町ができて百周年とかのお祝いにだって」

すごいよね、とアミは笑う。

「すごい？」

「すごいよ。アーチはいつもなんとも思ってないみたいだけど、本当にそれはすごいことなんだよ？」

もっと自慢していいのにって言うけど、そんなこと考えたこともない。ただ、作ることが好きだからやってるだけなんだ。

小さい頃から、気がついたら僕はいつも何かを作っていた。それは買ってもらった粘土でだったり、新聞紙や段ボールだったり、河原で見つけてきた石や、海で拾ってきた流木だったり。絵を描いてもクレヨンや絵の具を一日で使い切ってしまったりして、父さんや母さんはびっくりしていたそうだ。そうやって作ったり描いたりしたものが、本当にすごいものだったから。

僕の作った〈オオカミの家〉を〈世界芸術トリエンナーレ〉に応募したのは父さんだ。それは世界的にも有名なコンクールで、僕みたいな子供が応募するようなものじゃなかったんだけど。

でも、そこで僕の作品は受賞してしまった。審査員の先生方の話では、信じられないぐらいの造形のセンスと奇跡としか言いようのない色使いが素晴らしいとか。ほめられるのはとてもうれしいけど、自分ではそういうのはよくわからない。

「触っていい？」

「いいよ。まだぜんぜんカタチが決まってないから、ぐにゃってやってもいいよ」

粘土で作っているベースになる形。鳥にしようってことだけは決めたんだけど、いまここにあるのは、まだ鳥だなんて思えない。アミはそっと触って、人さし指で突っついたりしてる。

「変わった色の粘土だね」

「うん。新しい粘土だって」

このあいだ、どこかの会社が使ってくださいって送ってきてくれた。受賞したおかげでいろんな人に会わなきゃならなくなってめんどくさいって思ったこともあったけど、でもこうやっていろんな道具や絵の具を貰ったり使ったりできるようになったし、たくさんの人から作品を作ってくださいって言われるから、まぁ良かったかなって思ってる。

一日中ずっと好きなものを作っていても誰にも怒られないし、じゃまされないし。

「前から訊こうと思ってたんだけど」

「なに？」

ちょっとだけ、アミは首をかしげて、困ったように笑った。

「わたしの髪の毛って、何色に見えるの？」

笑っちゃった。アミが笑わないでって少しふくれる。

そう。僕は色がわからない。

妹のキサとトアが不思議な病気を持ってるのと同じように、僕も、色がわからないっていう病気だ。生まれたときからじゃなくて、少しずつ少しずつわからなくなっていった。いろいろ病院で検査したけど原因ははっきりしていない。

でも、だからって全部がただの灰色とか黒とかに見えるわけじゃない。ものすごく微妙なグラデーションのようにして色の違いはわかる。普通の人よりも色の違いには敏感なぐらいなんだ。お医者さんが言うには、普通の人がわからない色の違いを、僕は感じ取っているんだって。

色がわからなくなる前に見ていた世界の色を僕はちゃんと覚えているから、あんまり不自由はない。どんなに微妙な色の違いも、眼を閉じれば天然色でその様子を想像できる。でも僕の色づかいはすごい独特だって言われるから、色の記憶が少しずつ変わってしまっているのかもしれないけれど。

「ちゃんと栗色だってわかるよ」

僕の眼に見えているアミの髪の毛は微妙なやわらかな灰色だけど、それがキレイでやわらかそうな栗色だっていうのは、感じる。アミの瞳がよーく見ると少しだけ緑がかっているのだって、僕は理解できる。ちゃんと感じ取れる。

玄関の鐘の音がして、「こんばんはー」って大きな声が聞こえて、僕とアミは顔を見合わせた。ちょっとしてからバタバタって渡り廊下を歩く音がすると、カイくんとリックが工房のドアから顔をのぞかせた。

「なんだ、いたのか」

「いちゃ悪い？」

「悪くありません」

リックとアミがそう言いあって笑った。

「メグは？」

カイくんが工房を見回してアミに訊いた。

「外でトアちゃんと遊んでる」

「ロドウさんたちがウサギ小屋を作ってるよ」

「あ、じゃオレも行こっと」

リックがひょいって引っこんで姿を消した。トアは庭でロドウさんやマイカさんと一緒にいる。さっきはイヂイさんもいた。父さんは夜中に備えて仮眠している。
二、三日留守にしていたロドウさんは昨日の夜の船で帰ってきた。帰ってくるなり「キサはもう眠っちゃったか！」って叫んで悔しがっているからどうしたのかと思ったら、かかえていた段ボールからすごい可愛らしいウサギを抱きあげた。
キサとトアのためにめずらしい外国のウサギを仕入れてきたらしい。実は前からキサとトアは「ウサギが飼いたい!」と言っていたんだ。起きてきたトアはウサギを見て、ウサギより跳ね回って喜んでいた。昨日は取りあえず段ボールにそのまま寝かせたんだけど、今日はその小屋を作っていた。

カイくんはそのまま工房に入ってきて、テーブルの反対側に座った。ココア、いる?ってアミが訊くとカイくんがうなずいて、アミが席を立っていった。カイくんは鞄から持ってきた本を出してテーブルの上に置く。

こうやって、週末の夜は、晩ご飯を食べた後にみんなが僕の家に集まることが多いんだ。次の日が休みだから、僕の家にいれば遅くまで起きていても怒られないし、お父さんお母さんも心配しない。リックとカイくんは泊まっていくことも多い。

「五周年だって」

カイくんに言うと、眼鏡をくいっと上げて、何が? と言った。

「僕がこの町に来た日は、五年前の明日だってアミが言ってた」

「あぁ」

カイくんがふり向いて、壁のカレンダーを見てからちょっと笑った。

「女子はそういうのよく覚えてるからね」

それから何か思いついたような顔をして、鞄からスクラップブックを取り出した。

「五年前の、アーチたちが町に来たときの記事だ」

そう言いながらページをめくって、ほら、と机の上に拡げた。

「五年前か」

[WINdiary NEWS]　××五九年四月十八日
〈ワイズ・コラム〉
昨日、ユードロ丘の元診療所に二十年ぶりに明りが灯った。我が町を救った〈風のエキスパート〉フウガ氏が〈巨人の腕〉の管理研究員としてそこに居を構えたのだ。かの〈世界芸術トリエンナーレ〉で入賞し、一躍〈リトルアーチスト〉として有名になった長男のアーチくんと、双子の妹、キサちゃんとトアちゃんも一緒だ。
誰もがうらやむ〈エキスパート〉の仕事を休止して、風車の管理研究を通して我が町を支えようとしてくれるフウガ氏に改めて感謝の意を表したい。そして、愛すべき町民の皆さんにはぜひフウガ氏への惜しみない協力と、幼い兄妹には暖かい愛情を注いでいただきたい。むろん、我が町の未来のために。（Y・S記）

こんな記事が出ていたなんて全然知らなかった。

「カイくん、こんな頃からスクラップしてたの？」

もちろん、ってカイくんは得意そうに少し笑った。

カイくんのココアをアミが持ってきて、そのままカイくんは本を読み始めた。アミは僕の隣に座って、僕が粘土をこね繰り回しているのをじっと見ている。

僕と眼があうとニコッとアミは笑う。退屈じゃないのかなって思うけど、見ているだけで楽しいってアミは言う。アーチが楽しんで一生懸命作ったものが、たくさんの人を幸せな気持ちにしているからって。

「それを考えるだけで楽しい。わくわくしてくる」

そういうアミと一緒にいると、僕もそんな気持ちになってくる。

アミとメグと、リックとカイくんと、僕。同じクラスの仲間。

〈あの五人組〉って町の人にもよく言われる。

去年の夏の、あの日からは特に。町のみんなにとんだ迷惑をかけてしまった日。

この町に来てから、ずっとずっと僕たちは仲が良かった。今よりもっと小さい頃はそんなふうに考えたこともなかったけど、去年の夏のあの日からは、きっとこのままずっと一緒にいるんだと思ってる。

アミも僕も。

「五周年なんだって」

僕がそう言うとトア以外のみんながこっちを向いた。

夜中の一時すぎに父さんが起きてきて、キサとトアの部屋で〈海岸亭〉のヨォさんが持って来てくれたおやつをみんなで食べていた。一時間ぐらい前に来てくれたアカリママとユーミさんと、そしてトア。

アミとメグはトアと一緒に〈トアの昼ご飯〉を食べるのに付きあってから十一時ぐらいに帰った。低学年の頃は泊まっていったりもしたけど、最近はあんまりない。リックとカイくんは二階の空いている部屋で勝手に寝ている。いつもトアと最後まで遊んでいようと頑張るんだけど、二人とも夜は弱い。お腹がいっぱいになるとすぐに寝てしまう。

「引っ越してきてから」

カレンダーを指さした。それで父さんは、あぁという顔になってそれから笑った。

「そうか。五年前の今日だったな」

「早いですね」

アカリママがトアの口の横についていたカラメルソースを拭いてあげながら言った。

この町に来てから五年経ったけど、まだこうしてトアは夜中に起きている。誰も言わないけれどみんながそう思っている。

キサもトアも六歳になった。でも、まだ僕たち兄妹は三人一緒に遊んだことはない。

キサは、朝陽が昇り始めると同時に目を覚まして、トアは同時に眠り始める。

トアは、夕陽が沈み始めると同時に目を覚まして、キサは同時に眠り始める。

どんなに季節が変わっても、その季節の日の出と日の入りにあわせて眠ったり起きたりしてしまう。その時が来たら二人はどんなに頑張っても、たとえばお風呂に入っていても眠ってしまうし、一度眠りだすと、揺り動かしても鼻をつまんでもなにをやっても起きない。

二人が一緒におしゃべりできるのは、一日二回。朝陽が海から顔を出して全部見えるようになるまで、夕陽が海に沈みだしてから完全に沈んでしまうまで。そういう、ほんのちょっとの時間しかない。それにしたって、どっちかは眠くて眠くてまぶたがくっつきそうだから、ちゃんとした話なんかほとんどできない。

ノン・トゥエンティフォーアワー・スリープウェイク・シンドローム。

病名はわかっているけど、キサとトアみたいな症例は世界中を探してもなくて治療法もわからない。

「ごちそうさまー」

トアがスプーンをおいて椅子を降りて庭に駆け出していった。ウサギを見にいったんだ。ヨォさんとユーミさんがうなずいて、笑いながら一緒に庭に出ていった。

「いつになるんでしょうね」

アカリママはそっとつぶやく。言わないけれど、それはキサとトアが一緒に遊んでいるのを見られるのは、という意味だ。父さんとアカリママがベッドで眠るキサを見た。キサは普通に学校に行って友達と勉強して遊んでいられる。ほんの何時間か、普通の子より起きるのも寝るのも早いっていうだけのこと。

陽が沈まないうちに晩ご飯を食べて、歯をみがいて顔を洗って、そしてパジャマを着てベッドに眠るトアの隣に入っていって、トアが目覚めるのを待つ。

僕もそばにいつも一緒にいる。

家の窓から見える海に夕陽が沈みだすと、トアがゆっくり起き出して、でもキサは少しずつ眠り出して、二人はうつらうつらしながらほんの少しだけの会話をする。

おはようトア。

おはようキサ。

今日はいい天気だったよ。

昨日はお月さまが満月だったよ。

おやすみキサ。

おやすみトア。

二人はそうやってすれちがってしまう。

おやすみおにいちゃん、おやすみキサ。

おはようおにいちゃん、おはようトア。

キサが眠ってしまったベッドを出て、夕陽が完全に沈んでしまった時間から、トアの一日が始まるんだ。


トアの笑い声が聞こえてきて、僕と父さんとアカリママは顔を向けた。ユーミさんとヨォさんとトアが追っかけっこをしている。

トアはみんなと同じように学校に通って、勉強してさわいで遊んで帰ってくることができないけど、こうやって夜に一緒に遊んでくれる人がたくさんいる。

毎晩、町の人が遊びに来てくれる。お巡りさんのイヂイさんや、〈ハーバーライツ〉のアカリママとユーミさん、駅長さん、ヨォさん。いろんな人がやってきてトアの相手をしてくれる。

月明かりの下で、ソリで草すべりをしたり、ブランコに乗ったり、ベンチでヨォさんの作ってくれる〈トアの昼ご飯〉を食べたり、天体観測をしたり。ランタンに灯をともして、ガーデンハウスの中でトランプをしたり、部屋でボードゲームをしたり。ときどきは、父さんと一緒に下町通りの夜遅くまでやっている店に行ったりもする。夏休みとか夜ふかししていい日には、キサの友だちがお母さんやお父さんと一緒にやってきてトアと遊んでくれる。

トアは決して淋しくなんかない。

「あせりませんよ」

父さんは笑ってそう言って、アカリママを見た。僕もうなずいて、アカリママも微笑んだ。

きっと、必ずそういう日が来ると思っている。僕も、父さんも、キサとトアも。

もちろん、この世の中にはどうにもならないことがあるっていうのは、わかってる。母さんがこの町に来る前に病気で死んでしまったように、どんなにお祈りしても、心で願っても、叶えられないことはたくさんある。

それでも、そうなってほしいと願わないと何も始まらないんだって父さんは言ってる。それに、悲しんでいてもしょうがない。キサもトアも、一緒に遊べないのは確かに淋しいけど、それ以外は毎日楽しく過ごしている。

友だちも町の人もみんな優しい。学校に行けないトアのためにいろいろ特例を考えてくれるし、〈カンクジョー〉が忙しいときにはいろんな人が手伝いに来てくれる。町のために風車を作って、それを管理している父さんに感謝している人たちがいつもキサとトアのことを考えてくれている。

僕たちはすごく恵まれている。だから、悲しんだりひがんだりするのは失礼だ。毎日を感謝して楽しく過ごそうって父さんは言う。

僕もそう思ってる。

日曜日の新しいお客さん

誰かが僕を呼んで、その声で目を覚ました。

時計は昼の十二時三十分。

伸びをして起き上がってベッドのすぐ横のカーテンを引っぱると、壁一面の窓から海が見える。庭でリックとカイくんがこっちを向いて手をふっていた。

窓を開けて、おはよう！　と言った。

「そろそろメシ食って行かないと遅れるぞ！」

天気がよくて波がいつもよりかなり少ない。海は真っ青だ。今日はずいぶん風がないんだなと思いながら着がえていると、居間からキサの笑い声が聞こえてきた。にぎやかだから友達が来て遊んでいるのかもしれない。

部屋のドアにかけてある小さな黒板に父さんの伝言。

〈遅くても四時には戻れると思う。ミズヤくんのお迎えをよろしく〉

父さんは急ぎの用があって朝早くから出ている。シュウレンさんが明日までいないから、お客さんを僕が迎えに行くことになっている。

「おはよう、キサ」

「おはよー！」

キサと一緒にミッちゃんとエリィちゃんが遊んでいて、もうこんにちはだよっ！　って笑った。マイカさんもそこにいてくれて、お迎え大丈夫？　と訊いてきた。

「大丈夫。ご飯食べてそのまま行ってきます」

「行ってらっしゃい」

洗面所で顔を洗って、歯をみがいて、二階に上がった。今日来るお客さんが泊まる一号室の窓を少しだけ開けて、空気の入れかえをしておく。降りていって裏口から外に出ると、やっぱり風はほとんど吹いてなかった。こんな日曜日はめずらしいかもしれない。リックとカイくんはウサギ小屋のペンキ塗りをしている。どうやら名前が決まったらしくて、黒白の方がチャビンで白茶の方がランジェット。リックがそれぞれの名前を小屋に書いていた。

「行くか？」

「うん」

片づけて三人でゴンドラに乗って丘の下の〈海岸亭〉へ行く。ヨォさんが僕たち専用の昼ご飯を用意してくれている。

「おはよう！」

「おはよう、ヨォさん」

〈海岸亭〉の食事はおいしくて安くて評判だ。いつも忙しいけど店にはヨォさんしかいないからセルフサービスだし、常連さんは自分でカウンターの中で食器を洗っていくんだ。もちろん僕たちもそうしている。

何人か町の人がお昼ご飯を食べに来ていて、挨拶しながら僕たちも食べだした。今日はたっぷりの野菜サラダとオムライスと冷たいコーンスープ。

「ポタージュの方が良ければそれもあるよ？」

「あ、コーンの方がいい」

「オレ、ポタージュの方がいいな」

「僕はコーンでいい」

ヨォさんはうなずいてから、そういえば、今日からお客さん一人増えるんだねって確認してきた。

「そう。男の人」

「後から好みとか訊いておいてよ」

「わかった」

少し急いで食べる。ここから駅までは海岸通りを少し急いで歩いて十二分ぐらい。いつもなら自転車を使うけど、今日はお迎えだから歩いていかなきゃならない。

「〈水のエキスパート〉っておっさんなのかな」

歩きの僕につき合って自転車を手で押しながらリックが言うとカイくんが答えた。

「まだ若いはずだよ。二十代後半だって」

「よく知ってんなオマエ」

「調べればすぐにわかるよ」

日曜の昼過ぎの海岸通りはいつも静かだ。お店も休みのところが多い。

駅前のロータリーに入ったところで、リックとカイくんが下町通りの方へ曲がって、また後でなーと言いながら自転車に乗って走っていった。駅長さんが太った身体を窮屈そうに折り曲げて、出入り口をホウキとチリトリで掃除しているのが見えた。

「こんにちは」

「やぁ、よく眠れたかね」

前と後ろを逆にかぶっていた制帽をくるんと回して駅長さんはホームの方を見た。午後一時五十二分到着の列車。駅長さんがベストのポケットから懐中時計を出して、時間を見てうなずいた。

「お迎えだね？　あと三分。列車は定刻通りだよ」

駅長さんはにこっと笑って軽く敬礼して事務室の中に入っていった。僕は駅の脇にある改札口の太い鉄の柵を飛び越えてホームに入っていく。一台だけ置いてある赤いベンチに腰掛けて、列車の到着を待つ。

渡り階段の緑色の三角屋根の上の、僕が作った風見鶏がぐるぐる回っていた。この時間のこの辺りはいつも風がまわるから、風見鶏はそれこそ目が回るほど忙しい。

反対側の陽が当たっているホームに、おそろいの白とたぶん淡い黄色のきれいなワンピースを着たアカリママとユーミさんが立っていて、手を振って笑っていた。僕も手を振って挨拶する。きっと二人で隣町に買い物に行くんだ。

「〈グディホース〉のチョコを買ってきてあげるねー」

「また後でねー」

ありがとう！ って答えようとしたけど、待っていた列車が入ってきて二人の姿を隠してしまった。二両編成の橙色の列車には乗っている人が何人かしかいなくて、ドアが開いて降りてきたのは一人。

肩まで伸びた、たぶんすごいきれいな銀髪の、白いYシャツに黒い色のズボンをはいた背の高い男の人。これもやっぱり黒いやわらかそうな革のカバンに黒いブーツ。全体的に白黒の人だ。

この人が、きっと〈水のエキスパート〉のミズヤさん。

近づいてそう訊いたら、にこっと笑ってうなずいた。少し面長で優しそうな顔をしている。

「〈カンクジョー〉のアーチくんかな？」

「そうです。いらっしゃいませ。ご案内します」

改札を出るときに駅長さんが切符を受け取りながら挨拶する。何かあったら相談してくださいと言って、切符と引きかえに名刺をわたしていた。駅を出てからひっくり返して裏を見たミズヤさんが声を上げた。

「町長さん？」

そう、駅長さんの名刺は裏返すと町長さんの名刺になる。僕もこの町に来たときに見せてもらったっけ。

「町長さんが駅長をしているのかい？」

「はい。この駅が町役場でもあるんです」

「それで名刺をくれたのか」

なんだか便利で良いねってミズヤさんは笑った。

駅前のロータリーには〈ジェッツ〉のみんなが集まってきていて、さっき帰ったリックも着替えてローラースケートを持ってきている。

四月に入ってようやく雪が全部とけて、ローラースケートができるようになっている。

まだあちこちに雪のとけた後のほこりや汚れがあるけど、みんなそんなの気にしない。真ん中の噴水のところでアミがスケートのひもを結んでいた。僕に気がついて「アーチ！」って呼びながら手をふるからふり返した。

「あれは？」

ロータリーの歩道を歩きながらミズヤさんが訊く。

「ローラーゲームのチーム、〈ジェッツ〉です」

週末の駅前のロータリーは車が進入禁止になるから、ローラースケートのいい練習場になるんだ。でも週末じゃなくてもほとんど車なんか入ってこないんだけど。

〈ジェッツ〉はけっこう強いチームで、毎年ジュニアの大会ではいいところまで行く。レギュラーになると着れる赤黒の革のスタジャンはカッコよくて、憧れの的だ。

「アーチくんはやらないの？　ローラースケート」

「やりますけど」

一応〈ジェッツ〉のメンバーだけど、あまり練習に参加してないからレギュラーにもなれないし下手くそなまま。

「創作活動が忙しいんだろう。家の手伝いとかも」

本当は運動神経がにぶいだけかもしれないけど、そうですねって答えておいた。

ロータリーから続く三本の道のいちばん左側を指さした。

「家はあっちです」

来るときに歩いてきた浜町の〈海岸通り〉をずっと行って、〈巨人の浜〉まで続く道。真ん中の道は〈下町通り〉で、右側の道は〈山ノ手通り〉。

天気が良くて風がないから陽射しがじりじり感じる。いつもなら風があるから、これぐらいの暑さは気持ちよいのに。

「意外と風がないんだね」

「今日は少ないです。いつもはこれの五倍ぐらい吹いてますよ」

町にはいつも強い風が吹いていて、周りからは〈風町〉なんて呼ばれている。どれぐらいいつも吹いているかと言うと、僕らが引っ越してくる前までは美容院がなかったぐらい。風が強すぎて髪形を整えても全然ムダだったから。床屋さんはあったんだけど。

「この海岸通りには野菜とか魚とかのマーケットが多いんです。丘の上の山ノ手通りに行けばブティックなんかがあるし、骨董品とか本屋さん映画館なんかは下町通りに行くとあります」

小さな町だから、歩いてぐるっとまわってもそんなに時間はかからない。家には貸し出しの自転車があるから、それを使ってもいい。僕の説明にミズヤさんはうなずいていた。

海岸通りを十分ぐらい歩くと見えてくるのが〈ユードロ丘〉。

まるで神様がそこだけ残してスプーンで山を削り取ったように突き出ている丘。その天辺に僕の家〈カンクジョー〉がある。桜が両脇に並ぶクエスチョンマークみたいな形の坂道は、海岸通りから二メートル分だけ舗装されてあとは土のまま残されている。

いつまで経っても工事が終わらない坂。だから〈開かずの坂〉って呼ばれている。

ここは舗装しても、雨が降るとコンクリートがひび割れてはがれてボロボロになるんだ。もちろん、そうなると歩くのもたいへんなことになってしまう。ここだけじゃなくて、この町にはそういう〈開かずの坂〉や〈開かずの道〉があちこちにある。

ミズヤさんは立ち止まって坂道を見上げた。あたりの匂いをクンクンとかいで、それから足でとんとんと地面をたたいて、しゃがみこんで手のひらを当てて、坂を少しのぼってぐるりと見回して、なるほどねとつぶやく。僕と眼が合うとミズヤさんはニコッと笑う。

「地面の下の水流を調べているんだ。お父さんもそうだから、わかるだろ？」

「はい」

何度か父さんの仕事について行ったことがあるけど、父さんも風を読むときは、ずいぶんきょろきょろしてる。空に向かって手を広げたり、空気の匂いをかいだり、空をずっと見上げて雲の流れを忙しく見たりしている。父さんは「風の道筋を感じるんだ」っていうけど、もちろん僕は全然わからない。

「フウガさんと僕の専門は違うけど、同じ〈エキスパート〉だからね。やり方は似ていると思うよ」

二人で坂をのぼり出したら、上から「おにいちゃーん！」って大きな声で僕を呼ぶキサの声が響いてきた。

濃い緑色のシャツと明るいオレンジ色のスパッツをはいたキサが、両手を振りながら坂を転がるように下りてくる。キサはそのまま僕の方に突進してきて、どーん！　とか言いながら身体ごとぶつかって僕をクッションがわりにする。

「ヨォさんがぷるぱーつくってくれたって。おやつに」

「ぷるぱー？」

「ぷるぱー？」

僕とミズヤさんが同時にその言葉をくり返して、それではじめて気がついたみたいに、キサはミズヤさんに向かってニッコリ笑って勢いよくおじぎをした。

「こんにちは！　キサです」

「はい、こんにちは。ミズヤです」

キサは社交的だ。どんな人とでも仲良くなれるし人見知りしない。反対にトアは、すごく人見知りする。知らない人がいるとどこかに隠れてしまう。

「ミッちゃんとエリィちゃんもいっしょにたべにいっていい？」

たぶん、ぷるぱーはアップルパイだ。キサとトアはときどき極端に省略したり、舌足らずな発音をするから。

「いいよ」

「おにいちゃんは？」

「僕は後から行くよ」

「わかったー」

ぺこりとミズヤさんにおじぎをして、キサは「だぁーっしゅ！」と叫んでまた走って坂を昇って行く。

「ぷるぱーって、何？」

「たぶん、アップルパイのことだと思います」

ミズヤさんは笑ってた。

カンクジョー

「いい建物だね。絵葉書より実物はもっといい」

坂をのぼりきって、僕の家の〈カンクジョー〉を正面から見たミズヤさんが言った。

僕もそう思う。

初めてここに来たのは引っ越す一年前の五歳のときで、父さんの仕事の下見に一緒についてきた。すごく薄汚れていたけど、淡い草色をしたこの家を僕はとても好きになった。

三角のひさしが上にあるガラス戸で両開きの玄関や、渋いオレンジ色の屋根、黒光りする木の廊下や、木彫りのライオンの頭が装飾についている階段、その踊り場のきれいなステンドグラス。とにかく全部が気に入ってしまって、どうしてこんな素敵な家が二十年もの間放ったらかしにされてたんだろうって不思議に思ったぐらい。

ミズヤさんは家の前に立って、辺りをぐるりと見回した。丘の上にあるから、山も海も町もここから見わたせる。

「緑が元気だ。この辺りは春が遅いのにね」

「ミドリ？」

「植物のことを僕らは緑と呼ぶんだ。やっぱりフウガさんのいる場所は空気が違う」

そう言ってにこっと笑うと、ミズヤさんはおじゃましますと玄関をくぐった。

玄関から階段を上がってミズヤさんを一号室に案内する。お客さんの部屋は二階で、一号室から六号室まで六部屋あって、どの部屋からも海が見える。

「部屋の作りは全部同じです」

元々は診療所の病室だったところだから長方形でがらんとしてる。シングルのベッドと小さな木のクローゼット、ライティングデスクと緑色の一人掛けのソファと小さな四角いテーブル。手と顔を洗うための白いホーローの洗面器台。あとは何もないんだ。でも、簡易宿泊所にしたときに塗りかえたとてもとても淡いロゼ色の壁は、窓から差しこむ光の加減で色が変わってとても評判だ。

「シンプルでいいね。気に入った」

「キッチンは廊下の突き当たりにあります。僕たちは一階に住んでいるので、いつでも声をかけてください」

一階の居間にしている部屋は広いので、宿泊している人も自由に使える。

「アーチくんが管理しているわけじゃないよね？」

「あ、シュウレンさんという人が管理人です」

シュウレンさんは下町通りに一人で住んでいる。もう子供も大きくなって独立して、旦那さんは随分昔に亡くなってしまって気楽なものよーっていつも歌うように笑って言うんだ。

「朝六時から陽が沈むまで一階の玄関脇の管理人室にいます。部屋の掃除やタオルの取りかえ、洗濯や買い物なんかもしてくれますよ。今日は親戚のお葬式があって休んでいるんだけど、明日の朝には戻ってきます」

ミズヤさんはうなずいて、ソファに腰をかけた。天鵞絨《ビロード》の手触りが素敵な椅子だ。

「食事はキッチンで自分で作ってもいいですけど、あのゴンドラで降りたところにある〈海岸亭〉で朝昼晩と宿泊客用の特別メニューが食べられます」

ゴンドラリフトは父さんとヨォさんが相談して造ったもの。坂道がひどいことになったときのためだったけど、〈海岸亭〉に行くときは坂道を歩いていくよりずっと便利だからいつも使っている。

「他に、三号室には画家のマイカさん、六号室に船員のロドウさんが泊まっています。二人ともいい人ですよ」

「そりゃ良かった。晩ご飯のときにでも挨拶できるかな」

「できると思います」

ミズヤさんは椅子から立ち上がって両開きの窓を大きく開けた。気持ちのいい風が流れこんできて、ベージュのカーテンが揺れた。父さんが管理している海の中の風車が全部見える。

「実際に見ると、やっぱり壮観だな」

窓枠に手をかけてミズヤさんは〈巨人の腕〉を見て言った。

海の中に立っている大きな百五十四本の風車。

電気を作るための風車はもちろんだけど、風の強さや流れを調整するための風車や、風を起こす働きの風車もあるって父さんは言う。バラバラに立っているように見えるけど、全部が計算されたものらしい。

風車のデザインは同じものもあるけど、ほとんどが違う形に作られていて、それは〈風のエキスパート〉がそれぞれの効果を考えて自分で設計する。父さんがここに作った風車は、まるで巨人が大きく長い腕をひろげたような形に見える。だから〈巨人の腕〉って呼ばれだした。

「すごいな。とても僕には全体を把握できない」

ミズヤさんは感心したように言って、君のお父さんは本当にすごい人なんだよと目を輝かせた。父さんのことをそういうふうに言われるのはやっぱりうれしい。

「まだ一度もお会いしていないけど、僕はフウガさんを尊敬しているんだ」

「そうなんですか？」

ミズヤさんは大きくうなずいた。

「フウガさんの論文やレポートは、僕たち若い〈エキスパート〉にとって最高の教科書だ。今までお会いする機会がなくて、だから今回の依頼はとても嬉しかったんだ。ようやくフウガさんと会えるのがね」

うれしそうにミズヤさんは笑った。それから窓から身を乗り出すようにしてぐるっと海を見回した。

「向こうが東でこっちが西か。すごいな、朝陽と夕陽をここから見られるんだ」

そう、この町では朝陽が海から昇るのと、夕陽が海に沈むのを両方見られる。だから僕らはこの町に引っ越してきた。

初めて父さんがこの町に調査にやってきて、丘の上の使われていない診療所を見たとき《*》に決めたって言っていた。それまで住んでいた町は海から遠くてわからなかったけど、ここなら、この家からなら水平線に太陽が昇るのも沈むのも見える。それはキサとトアにとって大事なことなんじゃないか。何か病気にいい影響もあるんじゃないかって考えた。

それで父さんは、年中あちこちに行っている〈エキスパート〉の仕事を休止して、この町に作った風車の管理人になった。もちろんその分収入が減ってしまうから、この家を簡易宿泊所にした。

「あの、それから」

言いにくいけど、言わなきゃならない。

「ここは昔診療所だったけど、病室で亡くなった人はいませんから安心してください」

ここが閉鎖されたのはすごく単純な理由。お医者さんがものすごく横柄で意地悪でやぶ医者だったので、町の人は誰も利用しなかった。そして「あの野郎の建てた家なんか辛気臭くて住めるか」って理由で誰も買わなかったから。

ミズヤさんは、それは残念だと笑った。

「幽霊とかお化けとか好きなのになぁ」

「そうなんですか?」

「そうじゃなきゃ〈水のエキスパート〉はできないからね」

たとえば、と言ってミズヤさんが窓の外を指さした。

「あの辺り」

山の方。

「あの辺には、池とか沼とかあるんじゃないのかな？」

びっくりした。どうしてわかるんだろう。

「そうです。小さな沼があります」

「幽霊が出るとかの話はない？」

それは聞いたことがないって言うと、そう？　ってミズヤさんは首を捻った。

「さっきのぼってくるときにわかったけど、あの辺りには水流が留まっている。そして水流の留まるところなんかには、どういうわけかその手の話が多いんだ」

山の方を見ながら、いると思うけどなぁってミズヤさんは呟く。

「どうして、水流の留まるところに、幽霊が出るんですか？」

「本当のところはわからないけど、水は命の源だからね。きっといろんなものが寄ってくるんだと思うよ。だから僕たち〈水のエキスパート〉はそういうものによく出会う。嫌いだったり怖がっていたりしたら仕事ができないんだよ」

そういえばトアもよくそんなことを言う。夜の海にはへんなモノがいっぱいいるって。そう言うと、ミズヤさんは、じゃあトアちゃんにも挨拶しておこうかなと笑った。

キサとトアの部屋はこの家のいちばん端。窓が大きくて海が全部見える。ミズヤさんはベッドに寝ているトアを見て、おじゃましますと小さな声を出して忍び足で入ってきた。そんなことをしなくても、トアもキサも寝ちゃったら絶対に起きない。揺り動かしても大声を出しても何をしても起きないんだ。

二人が生まれたのは、僕が五歳のとき。前に住んでいた町の大きな病院で生まれた。僕はもちろん大喜びしたんだけど、実は弟が欲しかったんだけど、でも産まれたら妹でもなんでも良かった。

少し小さく産まれてきたキサとトアだけど身体は健康だった。病院から家に帰ってきた日に、これからはお兄ちゃんだからよろしく頼むぞって父さんから言われて、首が折れそうになるぐらい大きくうなずいた。

早く三人で遊びたい。一緒に公園に行ったり、海に行ったり動物園に行ったり。ご飯を食べてシャボン玉を飛ばして三人で追いかけてお風呂に入ってトランプをして。そういうことを早くしたくて、僕は眠るキサとトアに「早くおおきくなぁれ」っていうのが口癖になっていた。

二人の病気のことがわかったのは、まだ一歳になる前。その前から変だな変だなと、父さんと母さんは何度も病院に通っていたんだけど全然わからなかった。でも、大きな病院でようやくそれは病気だとわかったんだ。そして、完璧な治療法は今のところない。

「本当によく寝ているね」

ミズヤさんは少しだけ微笑んで言う。

「話には聞いていたけど、アーチくんは大丈夫なのかい？」

寝不足とかないのかいって心配そうに言う。

トアはすごい人見知りで淋しがりやだ。仲良くなったみんなと一緒にいても、僕や父さんが起きてないと不安がることが多い。だから僕と父さんは夜の間も交代でずっと起きて、トアの相手をしたり、仕事をしたり、ものを作ったりしてる。

「たとえば夜の七時に僕が寝て零時に起きると、父さんが寝て朝の五時にキサと一緒に起きます」

母さんが生きていた頃は、父さんと二人でそうやっていた。母さんが死んでしまって、父さんはなんとか一人でやろうとしたけど、仕事があるから寝ないでトアの相手をするわけにはいかない。〈エキスパート〉にとっては感覚がいちばん大事で、その感覚を研ぎ澄ませるために体調管理は重要事項だって僕も知ってる。そう言うとミズヤさんもうなずいた。

「体調を崩すと、僕らの感覚は狂ってしまうからね」

だから僕が交代で起きているようにした。

実はものを作っているときは本当に時間を忘れてしまって眠くならないので、一晩中起きていることもある。朝ご飯を食べてキサと一緒に学校に行くけど、ほとんどの授業の時間僕はうつらうつらしている。昼休みは保健室のベッドで寝てしまう。先生方も、それを特別に許してくれているんだ。

ミズヤさんはなかなかキツイねって渋い顔をする。

「でも、土曜日の夜はずっと父さんが起きていてトアの相手をしてくれるし、日曜日は昼過ぎまで寝ているので大丈夫です」

なんとかそういうふうにしてうまくやっている。

そうやってキサとトアの相手もしていると、学校の友だちと遊ぶ時間はなかなかとれないけど、みんなも知ってるから気を使ってくれる。

毎日、楽しい。キサとトアの相手をすることは、全然つらくない。

渡り廊下を渡って離れを案内した。元々は持ち主の自宅だったんだけど、そこを僕の工房と父さんの書斎とキサとトアの遊び部屋に使ってる。他にも部屋が余っているので長期滞在する人で使いたい人は使っていい。今は一部屋マイカさんが絵を描くアトリエにしているし、ロドウさんは荷物置き場に使っている。

ミズヤさんは父さんと二人で打ち合わせする機会も多くなるから、父さんの書斎の隣りをしばらく使うそうだ。

「送ってきた資料や本は全部置いてあります。計器なんかは庭の物置に入ってます」

ありがとうって言いながら、ミズヤさんは少し難しい顔をする。

「ひとつだけ疑問があるんだけど」

「なんですか？」

「〈カンクジョー〉って、どういう意味？」

みんなそう訊くんだ。でも実は全然深い意味はない。

「キサとトアが言ったんです」

「キサちゃんとトアちゃん？」

「二人ともまだうまくしゃべれない頃、〈かんいしゅくはくじょ〉を〈カンクジョー〉

って発音したんです。それがなんだかおもしろくて」

いつの間にかそのまま名前になってしまった。

心配なこと

「おにいちゃーん」

トアが僕を呼ぶ声が聞こえて、目を覚ました。工房の椅子に座ってうとうとしてしまって、トアに起こされたんだ。ご飯を食べた後はすぐに眠くなってしまう。

工房を出てそのまま庭に行くと、いつの間にか制服を着たイヂイさんが来ていた。パトロールの途中に寄ってくれたんだと思う。ミズヤさんと何かを話している。その横ではロドウさんがかまどに火を入れて薫製を作っていて、それをマイカさんも手伝っていた。

トアが小走りで僕のところまで来た。

「どうしたの」

「アミちゃんが来るよ。もうすぐ」

「アミが？」

うん、ってうなずくと、トアはクルッと回れ右して走ってミズヤさんのところに行って、何かメモ帳を開いて話し始めた。イヂイさんもしゃがみこんで聞いている。トアは、好奇心と研究心旺盛だ。ちょっとでも不思議だと感じるとお気に入りのメモ帳と鉛筆を持ってとことん話を聞いて回る。

最近はようやくその字が僕たちにも読めるようになってきたけど、それまではいったい何を書いているのかキサ以外にはまったくわからなかった。みみずが散歩してるみたいなその字だか図形だかをキサが読めるってことにも驚いていたんだけど。

驚くって言えば、トアは初めて会った夜からミズヤさんになついたのに僕らはびっくりした。そんなことは今まで全然なかったのに。

父さんは、ミズヤさんが〈エキスパート〉だからかなって言った。

「前から思っていたことなんだが」

「うん」

「キサとトアの病気は、父さんたち〈エキスパート〉に特有の血のせいじゃないかとも考えたことがある」

「血？」

「遺伝子といった方がいいかな」

それがどう関係するのかは実は父さんもわからない。たぶんお医者さんが調べてもわからないだろう。

「太陽の運行、言ってみれば、自然の時の流れと一緒に起きたり寝たりするキサとトアは、自然の法則の何かに影響されているんだろう。ひょっとしたら病気とも言えないものなのかもしれない」

もしそうだとしたら、それは自然というものと感覚を密にするのをよしとする、私たち〈エキスパート〉と同じだって言う。

「〈エキスパート〉の能力は遺伝によるところが大きいとされている。もしキサとトアがそういう性質を持っているんだとすると、父さんと同じ〈エキスパート〉であるミズヤくんに何か近しいものを感じるんじゃないかな」

そういえば今まで他の〈エキスパート〉の人に会ったことはなかった。そうするとキサとトアも〈エキスパート〉の素質があるのかなと訊いたら、どうかなと父さんは首をひねった。

「今まで女性がなった例はないんだよ」

でも、キサはそうでもないんだけど、トアはいろんなものに敏感だ。夜の海にはいろんなヘンなものがふわふわしているのが見えるって言うし、さっきみたいに、誰かが来るよって突然言いだして、それから一分後ぐらいにその人が現われたりすることがある。カンが鋭いって言うかなんていうか。

「きたっ」

トアが小さく叫んで、白いワンピースの裾をひるがえしてにこにこしながら走る。家の横側からアミが出てきて、飛びこんでいったトアを笑いながら抱き留めた。

「トアちゃん、そのワンピースかわいい！」

アカリママがプレゼントしてくれた服だ。わりと派手な色の服が好きなキサと反対に、トアは白っぽいものが好きだ。夜に行動するからむしろその方が目立っていいと言って、父さんもトアの服はそういう色ばかり買ってくる。

アミがトアの両手を持ってぐるぐる振り回して、トアはきゃあきゃあ言って喜んでいる。黒のジージャン黒のタンクトップ黒のジーンズ、全身黒ずくめのアミとくるくる回っている白のトアは、まるで自分の影法師と遊んでいるみたいだ。

トアがアミから離れてロドウさんの方へ走っていくと、アミは少し息を切らせながら僕の座るガーデンテーブルに来て、横に座った。

「目がまわっちゃった」

「なんか飲む？」

「いただきます」

うなずいて、自分でガラスのサーバーからレモネードを注いで一口飲んだ。

「なんか真っ黒だね。服が」

アミは少し照れたように笑った。

「抜け出してきたから、目立たないようにと思って」

何から抜け出してきたんだろう。そう思ってアミを見ていると、僕と眼が合ってちょっと下を向いた。いっつも上げてポニーテールにしている髪の長いほつれ毛が、ぱらりとおでこにかかった。アミが何か言うのを待っていると、小さな声で言った。

「あのね？」

「うん」

僕をちらっと見て、目を伏せた。なんだか少し変だ。様子がおかしい。

「もう、来られなくなるかもしれない」

迷うみたいにして、アミが小さく言った。

「来られなくなるって？」

「ここに。トアちゃんともキサちゃんとも遊べなくなるかも」

「どうして？」

アミは、僕を見て、それから何か言いかけてやめて、唇を少しかんだ。なんだか泣きそうな顔をしている。

「ごめんね」

そう言ってアミは急に立ち上がると、走って帰ってしまった。僕はいったい何がなんだかわからなくて、真っ黒なアミの後ろ姿を見ていたんだ。


それから三日経った日。

学校の保健室のベッドで目を覚ますと、脇の丸椅子にカイくんが座っていて本を読んでいた。また見たこともない分厚い本だ。

「カイくん」

声をかけるとピクッと身体が動いて、僕の方を見て笑った。

「起きた？」

「うん」

何時だろうと思って壁の丸時計を見ると、午後一時五分だった。午後の授業が始まっている。ちょっとだけ寝過ぎたみたいだ。

「やっぱり目覚ましがなくてもちゃんと起きるね」

カイくんが眼鏡をひょいと直して笑った。

昼休みの保健室での昼寝は習慣になっているし、短い時間だけ寝て起きるのももう身体がそういうふうになっている。

「カイくん、また授業休むの？」

僕は授業に遅れてもなんとも言われないけど、カイくんがここにいるってことは、休んで本を読んでいるってことなんだろう。本を読むことやいろんなことを調べるのが大好きな図書委員のカイくん。だから勉強ももちろん好きなんだけど、ただものすごく気分屋で、何か気に入らないことがあるとすぐに教室を飛びだしてしまう。行く先は図書室か保健室だからわかりやすいって言えばそうなんだけど。

「ちょっとね」

そう言ってカイくんはまた本に目を向けた。本ばかり読んでいて他の友だちとはあんまり遊ばない。でも家に来てキサやトアに本を読んでくれるときのカイくんは優しい顔をしている。だから、本当はとても良い奴なんだけど。

授業に行こうと思ってベッドから起きると、カイくんは本から顔を上げて言った。

「アミがね」

「うん」

「〈モーターズ〉に移るって聞いた？」

ちょっとびっくりした。

「本当？」

カイくんは眼鏡をくいっと上げて、うなずいた。

「本当らしいよ。セージさんが言ってたからね」

ローラーゲームのジュニアチームは町に二つ。〈ジェッツ〉と〈モーターズ〉。特に仲が悪いわけじゃなく、〈ジェッツ〉が町に住んでいる子どもたち中心で、〈モーターズ〉が〈船場〉か港で働いている人の子どもたちが中心。はっきり決まりがあるわけじゃないけど。ずいぶん前からそうなっているらしい。

この町には、マッチ工場に勤めている人か自分で商売をしている人、それと港関係かの大きく二つのグループがある。どっちにも属さないのは駅長さんや新聞記者やお巡りさんやうちの父さんぐらいだ。昔はいろいろともめ事もあったみたいだけど、今はそんなことないって言う。でも、そういうグループ分けはやっぱり子どもたちにも影響して、だからローラーゲームのグループも二つある。もっとも一つにしてしまうと人数が多すぎるっていうのもある。

「それは、アミが決めたのかな」

「やっぱり聞いてなかったんだね」

全然知らなかった。三日前のあの夜から、真っ黒な服を着て家に来た日からアミは来ていないし、学校でもあまり話してない。アミの方が僕を避けているみたいだった。

もともとアミは〈モーターズ〉で、僕は新しい住人だからって〈ジェッツ〉に入った。そして去年の夏にアミは〈ジェッツ〉に移ってきた。ジュニアは十四歳までしかいられないから、ものすごく上手いアミは中心選手で〈モーターズ〉のみんなはがっかりしていたんだけど、アミが僕と一緒にいたいんだからしょうがないって言っていた。

それなのに。

「やっぱり、お父さんに言われたんだろうね」

カイくんが言った。

「お父さん？」

「フウガさんは何も言ってないの？」

聞いていない。何かあったんだろうか。

「カイくんは何か知ってるの？」

うん、とうなずいてカイくんは難しい顔をして腕組みをした。

「アーチはいい奴だけど、少し世間のことにうとすぎるよね」

「ごめん」

本当のことだから素直にうなずいた。僕はものを作ってばかりいるから、新聞なんかもあまり読まないし。

「ここ何年か漁獲量が減って、それは〈巨人の腕〉のせいで、つまりフウガさんのせいだって言われているんだよ」

「そうなの？」

カイくんは眼鏡をくい、と上げる。

「まぁそう言っているのは〈船場〉や港の人たちなんだけどね」

しょうがないなぁとカイくんは言って、足元においてあった鞄からノートを取り出した。開くとそこには新聞や雑誌のいろんな記事がスクラップしてある。カイくんの趣味でもあるんだけど。

「これ、去年のこの記事」

[WINdiary NEWS]　××六三年九月二十五日

〈ワイズ・コラム〉

ささやかれている噂がある。近年潮の流れが変わり、漁獲量が減っているのは明らかに〈巨人の腕〉が原因だというのだ。

ご存知のように、海に面してはいるものの、我が町における漁業はそれほど大きな比重を占めるものではない。町を潤しているのは〈ウィングマッチ工場〉である。それでも、漁業が町に住む住人の大切な収入源のひとつであることは間違いない。船場組合は、潮の流れの変化は風車の設置が原因として〈風のエキスパート〉であるフウガ氏に損害賠償を求めることも検討中であるという。

しかし、それは現段階では何ら根拠のない推測だ。フウガ氏は我が町の町議会の依頼で、つまり我が町の総意によってあの調査と事業を行い、現在は管理をしているのである。関係者には冷静な対処を望む。（Y・S記）

「こないだ〈水のエキスパート〉のミズヤさんが来たのは、実はそれを調べるために組合が呼んだっていうのは？　まさか知らないなんて言わないよね？」

知らないと首を振るとカイくんはかくんと首をたれて、ためいきをついた。

「ほら、これだよ」

カイくんが別のページを開いた。

[WINdiary NEWS]　××六四年四月十二日
〈ワイズ・コラム〉
〈水のエキスパート〉であるミズヤ氏が船場組合と土木組合の招きにより来町する。〈開かずの道路〉に代表される土木組合の懸念は長年のものであり、これは調査によって簡単に（おそらくは）結論が出るはずだ。だが、船場組合の懸念は慎重にならざるをえない。〈巨人の腕〉が完成して五年。新たな問題が発生しつつあるのは既に町民全員が感じているだろう。フウガ氏とあわせて我が町に〈エキスパート〉が二人も滞在するという、もちろんこの町が始まって以来のことであり、世界的に見ても貴重な出来事ではあるが、ミズヤ氏とフウガ氏が対立するような事態にならないことを祈るばかりである。（Y・S記）

そうだったんだ。本当に全然知らなかった。

「もしこれでミズヤさんの調査の結果、フウガさんの責任だってなっちゃったら大変だよ」

「どうなるのかな」

カイくんは顔をしかめた。

「まぁフウガさんはこの町を追い出されるかもね。とんでもない金額の賠償金を請求されるか。どっちにしても町に居づらくなるってことだね」

父さんが間違えるなんてことはない。今までそんなことはなかった。僕の顔を見て、カイくんはまた難しい顔をした。

「僕としては、もちろんそんなことになってほしくないね。リックだって、メグだってみんなそう思ってる。アミだってね。もちろんセージさんだってそう思ってるだろうけど、あの人は立場ってものがあるからね」

セージさん。

セージさんは九年生で三つ上。〈モーターズ〉のリーダーで生徒会長もやっている。港の管理長さんの一人息子でカッコよくて頭も良くて、男子も女子も憧れている子は多い。学校をサボったりタバコを吸ったりちょっと不良っぽいところもあるんだけど、でも、すごく気さくで優しい人だ。

「だからなんだ」

僕がそう言うと、カイくんはパタンと本を閉じた。

「なにが？」

アミが会えなくなるって言ってたことを話すと、カイくんはしかめっ面をした。

「そういうことだろうね。お父さんにとめられたんじゃないかな」

アミのお父さんは〈船場〉の長だ。

〈ハーバーライツ〉のアカリママ

学校は山ノ手にあって、僕はいつも歩いて通っている。少し遠いから自転車通学をしてもいいんだけど、この坂道をのぼるのはかなりつらい。特に朝は正面から風が吹くのでとても自転車をこいでいられない。

山ノ手から下町へは沢を渡ってショートカットできるから、リックやカイくんと一緒に下校することはあまりない。〈船場〉に住んでるアミとメグが同じ方向だからいつも一緒に帰っていたんだけど、ここ何日かは一人が多い。

アミのお父さんのドウバさんには何度も会ったことがある。アミの家にだってよく遊びに行ったし、一年生の頃には泊まったこともある。真っ黒に日焼けしていっつも髪がツンツン立っていて、大きな声でニコニコしながら話をするドウバさんのことを僕は嫌いじゃない。

「家の中に閉じこもってばかりいちゃあ病気になっちまうぞ」

そう言って大きな声で笑って背中をたたくんだ。父さんとは全然違うタイプの大人の男の人。ドウバさんも立場上つらいと思うよってカイくんが言っていた。

「アーチくん!」

顔を上げると、道路の向こう側でアカリママが細い腕をいっぱいに伸ばして、少し背伸びをしながら手を振っていた。今日は濃い目の、たぶんクリーム色のワンピースを着てる。まるでバニラソフトクリームみたいな色だ。

海岸通りにある〈ハーバーライツ〉のアカリママ。

店は船員さんや漁師さんや仕事帰りの港関係の人たちでいつもにぎわっている。夜になってしまうと途端に淋しくなる海岸通りだけど、〈ハーバーライツ〉だけは〈HARBOR LIGHTS〉っていうネオンサインの看板やお店の明かりが灯っていてとても明るい。アカリママはユーミさんと二人でその店をやっている。

この町で生まれてずっとこの町で育ってきたアカリママ。名前の通りに笑った顔がとても明るくて、みんなを笑顔にしてしまう。

店には父さんたちを迎えにいったりして入ったことがある。真鍮の取っ手のドアを開けると大きな木のカウンターが目の前にあって、大人たちが立ったままビールなんかを飲んでいて騒がしくていい雰囲気だ。煙草の煙はちょっと嫌だけど。

アカリママの作るフィッシュ&チップスや小魚の唐辛子漬けはとても美味しいと評判で、ときどき家にも持ってきてくれる。

「学校、終わったの?」

「はい」

アカリママはいつも優しい顔でにっこり笑う。キサやトアのことをいつも可愛がってくれて、二人もアカリママのことが大好きだ。

「ひとりなの?」

くるっと見回す。それからちょっと小首を傾げて小さなためいきをついた。

「しょうがないわね」

それはアカリママも事情を知ってるってことなんだろう。知らなかったのは僕だけだったのかもしれない。それから、またにっこり笑って言った。

「心配することないわよ。必ず元通りになります」

僕はうなずいた。少しだけ淋しいけど、あんまり心配しなくてもいいような気もする。

ドウバさんと父さんが仲が良いことを僕は知ってる。それに、もっと小さい頃にドウバさんが言っていたことを覚えている。

「おまえの父さんと俺たちは同じ穴のムジナさ」

「ムジナ？」

いいか？　ってドウバさんは顔をのぞきこんだ。

「おまえの父さんは、自然ってものと友達になって、決して逆らわないで仲良くやろうという仕事をしてる。それはわかるな？」

「わかります」

「俺たち漁師もそうだ。海と友達になって魚と仲良くして、それで生きていこうっていうことだ」

だから、ドウバさんは父さんを尊敬してるって言った。同じことをやっている仲間として、男として大した奴だって思ってると言ってた。

今考えるとずいぶん酔っぱらっていたから、少しだけ割り引いた方がいいかなとは思うけど。

「そうね、その通りだわ」

一緒に僕の家に行って、キサとトアの様子を見てからお店に行くっていうアカリママと歩きながらそんな話をしたら、大きくうなずいていた。

「あの二人はよくお店でも仲良く話ししていたし。大丈夫よ、きっと」

家に着くと、庭で遊んでいたキサがアカリママー！って叫んで走って飛びついていった。あんまりわがまま言うんじゃないよってキサに言って、僕は家の中に入っていった。部屋の窓から、キサの友達も一緒になって遊んでいるのが見える。アカリママもうれしそうに笑っている。

最近なんだけど、僕はそういうのを見ると少しだけ、本当に少しだけだけど悲しいという気持ちがわかるような気がする。

カイくんに聞いた。

アカリママは町中の子供たちをすごい可愛がる。誰にでも優しくて、少し厳しくて、みんなのお母さんみたいな人だ。

でもアカリママは、昔、初めての子供が死産してしまって、それで、子供ができない身体になってしまったらしいんだ。

それは、そういうことは、ほんの少しだけ淋しくて、悲しいことだなって気がするんだ。

水のエキスパート

三連休の前の日、眠る前のキサと〈海岸亭〉でご飯を食べているときに父さんが言った。

「明日、ミズヤくんの仕事を手伝ってみないか」

「ミズヤさんの?」

父さんの隣でコーヒーを飲んでいたミズヤさんが笑ってうなずいた。

「キサも行く!」

スプーンをふり上げながらキサが言うと、デザートのプリンを持ってきたヨォさんが言った。

「あれぇ? エリィちゃんたちと隣町の動物園に行くんじゃなかったのかな?」

「そうだった! ざんねーん」

すぐにキサはあきらめてデザートのプリンを食べはじめた。ヨォさんは僕たちと目配せして笑う。

キサはとにかくなんでも早い。なんでも急ぐ。

いつも元気いっぱいで動くのも早いし決断も早い。休みの日なんかは起きてご飯を食べて歯をみがいて顔を洗って着がえて宿題をして、というやらなければならないことを精一杯のスピードでざーっという勢いでやってしまうんだ。そんなに急がなくてもいいっていつも言ってるんだけど、とくにご飯はゆっくりかんで食べなさいって怒られる。でも急ぐ。

すべてやり終えると「おわったーっ！」と宣言して、カメラを引っつかんで家を飛びだしていくんだ。何か約束があればそこに向かっていくし、なければ一緒に遊べる人を探しに行く。たまたま友だちが用事で誰もいなくても、町の人と適当に遊んで帰ってくる。

出て行くときも帰ってくるときもいつも「だぁーっしゅ！」だ。キサがゆっくり歩いている様子なんか思い出せないぐらい。

「何を手伝うの？」

父さんに訊いてみた。

「とりあえずは道案内だな」

父さんはコーヒーを飲んで言う。

「まずは歩き回って全体を把握しなきゃならない。この町も狭いようでいてけっこう広い。山の中まで歩き回るとなると案内人が必要だからな」

確かにそうだ。

「父さんとは違う〈水のエキスパート〉の仕事ぶりを見ておくのも悪くないだろう」

訊いてみたかったんだけど、少し迷っていた。ミズヤさんの調査が、父さんとドウバさんの件にかかわってくるのかどうか。ミズヤさんと父さんは初めて会ったときからとても楽しそうに親しそうに話しているけど、そしてミズヤさんはとてもいい人だと思うけど、もしミズヤさんの調査が父さんに不利な結果になってしまったらどうなるんだろう。

〈エキスパート〉は決していい加減な仕事はしない。それは父さんがいつも言ってることだ。

父さんの顔を見ると、ちょっと眉をひそめてから言った。

「何を考えてるか、まぁわかるけどな」

ミズヤさんと顔を見合わせて二人で苦笑いする。

「そういうことを、まだお前は心配しなくていい。自分がいいと思ったことや、好きになったこと、なりそうなことを、ただやってればいいんだ」

お前はまだそういう歳だ。そう父さんは言う。

金曜日の午前十一時。キサはとっくにでかけて、父さんは風車の管理所に向かって、トアは寝ている。〈カンクジョー〉にはシュウレンさんがもちろんいるし、マイカさんはしょっちゅうトアの様子を見に行ってくれるから全然心配ない。眠るトアや走り回るキサの絵もよく描いている。

「私は一生この二人の絵を描いていたいね」

そんなふうにマイカさんは言うんだ。

実はひそかに魔女と呼ばれてるマイカさん。特にリックはよくそう呼んで、メグやアミに怒られている。確かに髪はちりちりですごい長くて、鼻がとても高くて、そしてもうおばあさんって呼ばれてもいい歳だと思うんだけど、いったい何歳なんだかわからない。

マイカさんが家にやってきたのは、ここを始めてすぐの頃。絵葉書を見てこの家をすごい気に入ったからだそうだ。

〈カンクジョー〉を始めるときに、父さんは家の写真を撮って、それを絵葉書にした。

夕陽がとてもきれいな海と家が写っている絵葉書。それを、船旅に出る船員さんたちに持っていってもらって、あちこちの港に置いてきてもらった。この町で長期滞在するときはぜひどうぞって、宣伝のつもりで。

その絵葉書を見て、マイカさんは家にやってきた。ついでにこの町も気に入ってしまって、もうすっかりこの町に骨を埋める覚悟よと言ってる。

マイカさんの描く絵はとても気持ちのいい絵ばかりだ。僕の絵の先生にもなってくれる。ときどき難しいことを言いだして、困ってしまうこともあるんだけど。

「〈美しい〉ってなんだと思う?」

僕が描いている絵を後ろから見ながらマイカさんは突然そう訊いてきた。

「美しい?」

「そう。それはどういうことなのかね」

困った。そんなこと考えたこともなかったから。うーんとうなって考えこんでいると、マイカさんはひらりと長いスカートのすそをひるがえして、僕の前に立った。

「たとえばね、私は美しいと思うかい?」

僕を見てにこっと笑う。これも困った。ロドウさんは「マイカさん、若い頃はきれいだったろうなぁ」なんてよく言うんだけど、僕にはよくわからない。でも、とてもいい顔をしてるとは思うから、素直にそう言った。

「いい顔をしてます」

マイカさんは微笑みながら人さし指をキュッキュッと横に振った。

「美しい、で、顔に行ってしまってはダメだねアーチ」

そう言って、テーブルの上のかごに入っていたリンゴを出して、テーブルに並べた。全部で四個。

「どのリンゴがいちばん美しい？」

これは比べられない。形はそれぞれ少しずつ違うけど、リンゴは全部リンゴだ。

「全部きれいです」

「そうだね。その通りさ」

マイカさんはリンゴをひとつ手に取る。

「リンゴは、どれもリンゴでしかないから、自然に与えられたリンゴというカタチだからどれもきれいで美しい。お店で売ってる見映えのいいリンゴなんてものは、人間が勝手に決めたこと」

だから、と言ってマイカさんは僕の絵を指さした。

「カタチにとらわれちゃダメ。カタチを形作るのは、あくまでもその中にあるもの。そのものの本質。少し難しいだろうけど、いつもそれを考えていなきゃね」

そんなふうに、マイカさんはいろいろ教えてくれる。

よろしく頼むよ、とミズヤさんは玄関を出て僕の肩を軽くたたいた。いつもの白いシャツに黒いズボンに黒いブーツをはいて黒い鞄を持っていて、それから、ちょっと首をかしげて僕を見た。

「心配はしなくていいよ」

「何がですか？」

「僕の調査さ。フウガさんの調査が失敗だったなんてことはありえない」

そうなんだろうか。

「まぁいい天気だし、ハイキングのつもりで行こう」

お弁当はヨォさんに作ってもらった。ミズヤさんは父さんが作った町の白地図をひろげると、まずはこの町を見渡せるいちばん高いところに行こうと言う。

「じゃあ、〈スリバチ山〉です」

山ノ手通りをずっと上がっていって、〈いきどまり坂〉に入っていく。本当に行き止まりになっていて、そこから頂上までは細い脇道しかないけど、三十分ぐらい森の中を歩けば着いてしまう。そんなにきつい坂道にはなっていないから、町の人たちの散歩コースにもなっている。

町をずっと歩きながら、ミズヤさんは三色ボールペンで白地図にいろいろと印を付けていく。線を引っぱったり×印を付けたり丸で囲ったり。父さんの作ったそういうのを見たことあるけど、それはぐにゃぐにゃ曲がった線の矢印だらけだった。

「土の中に水の流れがあるんですよね」

訊いてみた。〈水のエキスパート〉は水の流れを読み取れる。それから水質の検査をしたり、海流を調べたりする。

「そうだね」

そういうのを調べてからじゃないと、何も工事ができない。無理に水をくみ上げたり流れに逆らったりすると、いろんなバランスが崩れて災害が起きたりする。もちろん台風が来たり大雨が降りすぎたりしてもいろんな災害が起こる。〈水のエキスパート〉は、そういうのを防ぐための仕事もする。

「どうして、それがわかるんですか？」

きっとみんなに訊かれてるんだと思うし、僕も父さんに訊いたことがある。どうして風の流れがわかるのかって。

「いちばん困る質問なんだけどね」

ミズヤさんは笑った。

「地面の中の水流は、計器を使えばある程度は誰にでもわかる。でも、たとえばこの地点から」

ミズヤさんは地面を指さした。

「水をくみ上げたとしたら、そこから五十キロ先のところの水の流れがどうなってしまうのかは、予測しかできない。そして予測は外れることもある。僕たち〈エキスパート〉は、その予測を確実なものにできる感覚を持っている」

それがわからないんだけど。

「蝶の羽ばたきが天気を変えるっていう話は知ってる？」

「知ってます」

何だっけ、なんだかいろいろとつながっていってしまうんだ。

「全然関係ないようなものが、つながっていくんですよね？」

「そう、つながり、難しい言葉で言うと連鎖だ」

「連鎖」

「この世に動いているものは、それはつまり風とか水とか土とかそういうものを全部含めて、つながっている。それはなんとなくわかるよね?」

わかる。

「食物連鎖っていうのも、学校で習いました」

「そうそう。そういう連鎖を、僕たちは計器の助けも借りて自分の直感で判断できるんだ。直感といってもそれはヤマカンとは違う。直感は狂わない。狂ってしまったら、それはもう〈エキスパート〉としての能力がなくなったことになる」

だから。

「読み間違いなんてありえない。フウガさんは誰が見ても、僕なんか足元にも及ばない超一級の〈エキスパート〉だよ」

〈スリバチ山〉の頂上は木を切り倒して小さなスペースを作って展望台にしてある。展望台って言っても、木の柵があって、丸太を切って作ったベンチが二つと湧き水を引いた手洗い場と水飲み場があるだけだけど。

そこのベンチに誰かが座っていて、誰だろうと思っていたら、リュウズさんだった。のぼってきた僕たちに気づいてこっちを見て、おや、という顔をした。

「アーチか」

「こんにちは」

ミズヤさんは汗をハンカチで拭いて、リュウズさんに挨拶をする。リュウズさんも座ったままですすまんね、と言いながら手を軽く振った。

もう引退したけど、一昨年までマッチ工場の管理人室にいたおじいさん。ミズヤさんはマッチ工場の方を見てうなずいていた。

ここからもその高い煙突が見える、港に面したところの〈ウィングマッチ工場〉。

そこは、世界中にあるマッチ工場の中でも三本の指に入る大きな工場だと、学校の社会科の時間に習った。この町に住んでいる半分以上の人がそこに勤めていて、いろんな仕事をしている。港にはマッチの軸になる木材を外国から運んでくる大きな船がやってくるし、町には〈ワールドマッチ博物館〉もあるし、毎年秋には〈マッチフェスティバル〉もある。

「グランプリ受賞者のリュウズさんですよね？　お会いできて光栄です」

ミズヤさんが言うとリュウズさんは昔のことさと苦笑いした。

〈マッチフェスティバル〉の中でも、いちばん大きな行事が二年に一度の〈マッチタワーコンクール〉。

マッチだけを使って、いろんな芸術作品を作ってコンクールをする。

でも、ただ作るだけじゃだめで、最後に作品をマッチで火を点けて燃やすんだ。その燃え方も審査の対象になる。

次々に発火していくマッチの火の流れ方や火の色、炎の上がり方、作品の崩れ方。全部が美しくなければならない。だから、どれだけ美しい燃え方をするかを考えて、マッチの種類や発火点の組み合わせ方を考えなきゃならなくて、考えただけですごく難しい気がする。

世界中のすごい芸術家がたくさん参加するコンクール。そしてリュウズさんは〈ウィングマッチ工場〉の名誉職人で、名だたる芸術家を押しのけて、この町でただ一人〈マッチタワーコンクール〉でグランプリを取った伝説の人だ。

「儂《わし》なんかより、あんたの方が有名人さ。〈水のエキスパート〉」

「そんなことはありません」

リュウズさんは、少し頭を引いてミズヤさんをじっと見ていた。そして感心するようにうなずいた。

「やはり身にまとうものが違うね。フウガさんとはまた別のものだ」

ミズヤさんがちょっと驚いたように眼を開いて笑った。

「わかりますか」

「これだけ歳を取ると子供に還っていくものさ。今日は仕事かな？」

ミズヤさんがうなずくと、リュウズさんは一緒にいてもかまわんかなと訊くので、ミズヤさんは笑ってどうぞと言った。柵のところまで歩いたミズヤさんは町を見下ろして、鞄から取り出した望遠鏡でのぞいて白地図に印を付けていく。

「水は高いところから低いところへ流れるだろう？」

僕が隣に立つとミズヤさんはそう言った。リュウズさんも後ろに立って話を聞いていた。

「はい」

「それは地中でも変わらない。だから、まずは高いところから見てみる。大まかな水の流れがどうなっているのかを判断する。全体を把握してから、細かいところを調べていくんだ」

ミズヤさんが望遠鏡で海の方を見ていた。

「〈海のエキスパート〉もいるんですよね？」

「うん」

双眼鏡を外して、何か印を付ける。

「〈エキスパート〉が扱うものは、大きく分けて〈風〉と〈水〉がある。それはつまり、この地球上で〈大きく動く二つのもの〉だね。その中でそれぞれの専門分野がある。僕たち〈水のエキスパート〉の中には〈土〉と〈海〉と〈緑〉。それぞれの専門の人がいる。でもフウガさんたち〈風のエキスパート〉はそういうふうには分かれていない。〈風〉は〈風〉のみ」

「どうしてですか？」

「それだけ難しいんだ」

ミズヤさんは僕の顔を見て言った。

「考えてごらん。〈地球上で大きく動く二つのもの〉って言ったけど、水も、土も、海も、緑も、この地球とつながっているよね？」

少し考えてから、僕はうなずいた。

「でも〈風〉は？　どうだろう？」

〈風〉は地球とはつながっていない。

「つながってません」

そう言うとミズヤさんは大きくうなずいた。

「そう。もちろん〈風〉というのは大気の動きだ。大気はこの地球を取り巻き、地球上にだけ風となって吹くものだけど、それは、実は地につながれてはいない」

それがどういうことかを説明するのはとても難しいそうだ。

「いつか、お父さんが説明してくれるよ」

〈風のエキスパート〉の父さん。

「〈風〉は水や土や緑と違って、目に見えないだけにとても難しい。それを感じるためには本当に繊細かつ精緻な感覚を必要とする。だから〈風のエキスパート〉は世界中でみてもとても少ない。貴重な存在なんだ」

今現在活動している〈風のエキスパート〉は世界中で六人だけ。父さんはその中の一人。ミズヤさんは〈風〉を感じることはできても、父さんと同じように読めやしないと言う。そんなふうに父さんからちゃんと聞いたことは今までなかった。

「もちろんそのすべてが密接に関連しているから、優れた〈風のエキスパート〉は、ほとんど何にでも精通しているんだ。だからなおさら」

父さんが間違うはずがないと言う。

「ちなみに僕の専門は〈水流〉。だから〈海のエキスパート〉と名乗ってもいいんだけど、まぁその辺はそれぞれの好みの部分もあるね」

好みなのか、と思ったらミズヤさんは笑った。

「実は泳ぎがあんまり上手じゃないんだ。ずっと海の上で仕事をしなきゃならなくなるのは、ちょっと困る」

それからまた双眼鏡に目を当てた。

「あそこだね」

ミズヤさんが遠くを指さした。〈巨人の腕〉の向こう、海の中に突き刺さったような逆三角形の岩と海の中から飛びだしたような三角形の岩。

〈泣き双子岩〉

「あそこで、去年の夏に大変な目にあったんだろう?」

「そうです」

思わず振り返ってリュウズさんと顔を見あわせてしまった。町の誰でも知っている僕らが起こした事件。

「その事件に興味があるんだ。詳しく話してほしいんだけど」

でも、それには〈泣き双子岩〉の伝説を話さなきゃならない。それには、リュウズさんの許可がいる。どうしようかと思っていると、黙って話を聞いていたリュウズさんが、にこっと笑ってうなずいた。

「かまわんよ。〈エキスパート〉に隠しても始まらんからね。興味深い話を聞かせてもらったお礼だ」

〈泣き双子岩〉の伝説

去年の夏休みの話。

この町の名物でもある、二つの海の中の岩。天から落ちてそのまま突き刺さったような逆三角形の大岩と、海の中からせり上がってきた三角形の大岩。

町の人たちが、〈泣き双子岩〉と呼んでいる。

僕は〈泣き双子岩〉はどうして〈泣き〉なんて名前なんだろうと思って、みんなに訊いてみたんだ。

☆

「知らなかったのか?」

リックがちょっと驚いていた。

「うん」

聞いたことがなかった。

「昔話だね。どこにでもあるような伝説だね」

カイくんはこの町のいろんな話を知っている。調べるのも大好きだ。

「詳しく聞きたい？」

「うん」

カイくんは眼鏡を人さし指でクイッと上げて言う。

「この町は、もともとは四角い形をした土地だったんだけど、そこを双子の神様が取りあったんだ。最初はキレイに二つに分けようとしたんだけど、真ん中のいちばんいいところをお互いが欲しがってそのうちに大喧嘩になった。怒った双子の父神が、四角形の土地を三つの三角形に分けてそのはじっこをそれぞれに分け与えた。すると今度は残った真ん中の三角形をめぐってまた大喧嘩を始めた。今度こそ本気で怒った父神は嵐を起こして二人を土地ごと沈めてしまった。そしてまんなかの部分だけが残って、この町になったって話」

なるほど。そういえばこの町はだいたい三角の形をしているんだ。

「沈められた双子の魂が、岩になってああして残っている。そしてときどき二人で泣いているんだっていう伝説さ」

なんだかかわいそうな話だけど、昔話にはそういう悲しいのや残酷なものが多い。どうしてなんだろう。そう言うと、カイくんは難しい顔をした。

「人間は楽しいことは覚えているけど、悲しいことを忘れようとしちゃうからだろうね。教訓だよね」

「でも、楽しいことを覚えている方がいいじゃんか」

リックがそういうので、カイくんが、だからリックは単純だって怒る。

「単純でいいじゃん。単純けっこう！　オレは楽しく生きるね」

リックとカイくんはそうやっていつも口喧嘩するけど、どうしてかいつもこうやって一緒に行動する。

「ちゃんと考えなきゃならないことだってあるんだよ。双子のことだって」

だって、のところで急にカイくんは口を押さえた。カイくんは頭がいいけどわかりやすい。

「今、オマエ、なんか言いかけただろ」

「なんでもないよ」

「言えよ。ちゃんと考えなきゃならないことがあるんなら、ちゃんと言わなきゃいけないことだってあるんだろ」

自分ではぜんぜん意識してないんだけど、リックはときどきものすごくするどいことを言う。カイくんは渋い顔をしながら眼鏡を人さし指で上げた。

「アーチには、ちょっとしんどいことだから言わなかったんだけど」

「僕に？」

なんだろう。

「あまり言う人がいないけど、伝説には続きがあるのさ。沈められた双子の魂は、悲しくて泣くだけじゃなくて、自分たちと同じ双子を海に引きずり込むっていう話が残っているんだ」

リックが、うっ！　と小さく声を上げた。

「そんなの知らんかったぞ」

「言えないんだよ。ただの伝説だったら普通に話したりできるけど、けっこう洒落《しゃれ》にならないんだよこの話はね」

もしかしたらって思った。

「本当に双子が死んじゃったとか？」

カイくんは顔をしかめた。

「そうなんだ。実は〈夏向嵐《かこらし》〉のときに、たくさんの双子が海で、あの岩のところで亡くなっているんだ。僕が調べただけでも、八組も死んじゃっている。だから、この町に住んでいても双子が産まれるとみんな町を出ていっちゃうようになった。リックだって、キサトアちゃんで、初めて双子を見たろう?」

リックが目を丸くしながらうなずいた。カイくんやリックはキサとトアのことをまとめてキサトアちゃんって呼ぶ。確かにその方が呼びやすいし。

「そういえばそうだ」

「だからみんなキサトアちゃんには優しいんだ。もちろん二人がとってもかわいいし、みんながフウガさんに感謝してるからっていうのもあるんだけど、実はそういう理由もある。なんとかしてこの町でちゃんと大きくなってほしいってね」

驚いたけど、思い当たることもある。キサやトアが海に遊びに行くのをすごくみんなが心配してた。でも、二人で一緒に行くことができないから、それはそれで安心だって誰かが言っていたのを聞いたこともある。

「そういうことだったんだ」

〈夏向嵐〉はちょうど八月の中頃ぐらい。夏休みの時期に、この町で吹き荒れる風嵐のことで今までにたくさんの人が亡くなっているそうだ。実はアミのお母さんも、アカリママのだんなさんも〈夏向嵐〉で死んじゃったって聞いた。

父さんが〈巨人の腕〉を作ってから〈夏向嵐〉は吹かなくなって、町のみんなが感謝してる。でも、僕はそれがどんなにすごい嵐なのか知らないんだ。

「どれぐらい、ひどかったの？」

「すっげぇぞ。ハンパじゃないぞ。オレも小さい頃だったからあんまし覚えてないけど、子どもなんか風に飛ばされてどっかに行っちまうぐらい」

「そうそう。家の屋根が飛ばされることもあったしね」

「竜巻になったこともあったよな。海の水がぐるぐるぐるーっ！　って巻き上げられてさ、魚が空から降ってきた」

「あったねー、覚えてる覚えてる」

二人の話を聞きながら考えていた。どうして双子が？

「どうしてかな」

「あ？」

「どうして、八組も死んでしまったのかなって」

そう言うと、二人ともきょとんとした顔をした。

「それはオマエ、〈夏向嵐〉のせいで」

「でも、最初とか二組目の双子はしょうがないとしても、三組目ぐらいからは、双子が危ないとみんなわかるよね。だからその時期には海には近づかないでおこうと、普通は思うよね」

リックもカイくんもうなずいた。

「なのにどうして、八組も双子が死んでしまったんだろう」

リックがぐるん！　と勢いよく首を回してカイくんを見た。

「どうなんだよ。そういうのは調べたのか」

「いや、調べてない。でも、そういえばそうだね」

双子があぶないっていうのは伝説と結びついてすぐにわかったはず。それなのに八組もの双子が死んでしまっているっていうのは。

「調べようぜ」

リックが勢いよく立ち上がった。

「〈夏向嵐〉は無くなったけどさ、もうゼッタイ吹かないって保証はないんだよな？」

今のところは大丈夫だけど、いつまた風の流れが変わるかはわからない。そのときになったらまた父さんは風を読んで考える。もちろん〈巨人の腕〉はそういうときのためにきちんと対応できるように作ってある。

「だったら、どうして何組も双子が死んじゃったのか原因も調べておかなきゃさ、キサトアちゃんが一緒に遊べるようになったときに困るだろっ」

カイくんも立ち上がったので、僕もそうした。三人で顔を見合わせてうなずいた。

「図書館へ行こう」


駅の横にある町の図書館は、昔は教会だった建物で、時計塔もついていてその天辺には十字架もある。中に入っていくと、奥の自習テーブルのところにアミとメグがいて僕らに向かって手を振った。二人は家が隣同士でとても仲が良いんだ。いつもどこでも一緒にいる。リックなんかは「あんなにずっと一緒にいてよく飽きないな」って言ってる。

「めずらしいね。三人で図書館なんて」

僕らがテーブルに座ると、回りの迷惑にならないように頭を寄せてきてひそひそ声でメグが言う。

「調べに来たんだ」

「なにを?」

さっきの話をしてあげた。途端にアミが顔をしかめて、カイくんのほっぺたをぎゅってつねって、カイくんは声を上げそうになったのを口を手で押さえてこらえた。

「なにすんだよっ!」

「ずっと、ずっと秘密にしていたのに! アーチには言わないようにしていたのに!」

アミの眼が少しだけ潤んでいた。

「アミも知っていたの?」

僕が訊くと、アミは口をまっすぐにしてうなずいた。

「〈船場〉の子ならみんな知ってるよ、双子の話は」

メグがアミの肩に手をのせて、少しなぐさめるように言った。

「アミもそんなに怒らないで。いつかは教えてあげなきゃねって言ってたじゃない」

メグはとても大人しい女の子だ。小さい頃に足を怪我してしまって、今でも歩くときは少し引きずっている。みんなと遊ぶときにはなんでもないけど、あんまり激しい運動はできない。割りとすぐに怒ったり泣いたりするアミのそばにいつもいて、なぐさめたりなだめたりしている。

「ちょっと外に出ようよ」

メグに言われてみんなで外に出て、図書館の玄関の白く塗られた木の階段のところに並んで座った。

「〈夏向嵐〉の時期にはもちろん必ず海が荒れる。だからその時期には舟を出しちゃいけない。〈船場〉の子供はそう教えられるし、リックやカイだって言われたことあるでしょう？」

メグの言葉に二人ともうなずいた。

「それと一緒に〈双子の悲劇〉も教えられるの」

「双子の悲劇？」

「八組も双子が死んでることか？」

リックが訊くと、メグは首を横に振った。

「その理由。ゼッタイに舟を出しちゃいけないって言われているのに、双子が舟を出して死んじゃった理由」

「舟を出して死んだのかよ！」

「なんなの？　その理由って」

カイくんが訊くと今度はアミが首を横に振って言った。

「わたしたちに教えられるのは、双子が海に舟で出て、〈泣き双子岩〉のところで死んでしまった。そしてそれには悲しい理由があるんだけど、それは教えてくれない。ただ、もし双子がこの町に来て、その時期にボートとかを借りようとしたらゼッタイ貸したらダメってことだけ教えられる。悲劇が起こるからって」

そうか。〈船場〉の家には必ずボートがあって、海水浴や海釣りなんかに来た人には貸すこともしているから。

「何をこそこそ話してる？」

急に上から声が降ったきたので驚いて見上げた。セージさんが二階の管理室のベランダから身を乗り出して、笑っていた。

「そんな暑いところにいないで上がってこいよ」

二階の管理室から出られるベランダはすぐ近くの大きな木の枝の影ができて、風も通り抜けて涼しいんだ。図書館の管理は港湾組合がしているから、管理長の息子のセージさんはここに自由に出入りできる。

みんなで上がるとセージさんはテーブルの上に本を何冊か置いてソーダを飲んでいた。

「まだたくさんあるから飲めよ」

ベランダの隅に大きなバケツがおいてあって、中に氷と水とソーダが何本も入っている。

「いただきます」

「キサトアは元気か？」

「元気です」

セージさんはときどき思いだしたように家に来て、キサとトアの相手をしてくれる。ぶっきらぼうだけど優しいセージさんをキサもトアも大好きだ。

「みんなそろって何を真剣に話していたんだ」

セージさんがアミに訊いて、アミは僕をちらっと見て、それから少し話しにくそうにしながら教えた。

実は、アミとセージさんは将来は結婚するって決められているらしい。〈船場〉の長の一人娘と港湾長の一人息子。親同士がこんなベストカップルはないって生まれたときに勝手に決めたらしい。

アミはもちろんセージさんのことは嫌いじゃないけど、そんなのはゼッタイにイヤだって言ってる。セージさんはどうなのか訊いたこともないからわからないけど。

「そっか」

アミから話を聞いたセージさんはうなずいて、僕を見た。

「俺もアーチにはいつか言わなきゃって思ってたんだけどな」

「そうなんですか」

セージさんは、でも、と言って軽く笑った。

「難しく考えるな。要はその時期に海に出なきゃいいんだ。〈泣き双子岩〉に近づかなきゃそれですむんだからさ。伝説は伝説でもう無害なんだから放っておけよ」

この町のみんながキサやトアに優しくするのは、確かにその伝説のせいもあるんだけど、実際に二人はかわいくていい子だからだって言う。

「セージさんは、その理由を知っているんですか？」

僕は訊いてみた。なんとなく、セージさんは知ってるような感じだったから。

「知ってる」

アミやメグが少し驚いたような顔をした。

「俺は一応後継ぎだからな。二年前に教えられたよ。どうして二十組以上もの双子が海で死んでいったかは」

「二十組⁉」

みんなが驚いた。

「八組じゃないんですか？」

「八組もいるって調べたカイはさすがだな。でも、記録に残されていない昔のことも含めるとそれぐらいになるんだって話さ。なんたってもう千年以上続く伝説だからな」

千年。そういえばこの町の歴史はそれぐらいあるって聞いたことがある。

「そんな伝説を打ち破ってみんなの心と肩の荷を軽くして開放してくれたのが、アーチのお父さん、〈風のエキスパート〉さ」

ソーダの瓶に口をつけて、一口飲む。

「〈夏向嵐〉はこの町の悩みのタネだった。毎年大きな被害が出て、年によっては何十人もの人がそれで死んでいった。そんな〈夏向嵐〉をフウガさんが消してくれた。おまけに双子の悲しい伝説を打ち消してくれそうなキサトアまで連れてきてくれた。そりゃあもう銅像でも作りたいぐらい大人はみんな喜んださ」

「だから、その理由は？　そんなにたくさんの双子が死んだ理由は？」

アミが訊いた。でも、セージさんは首を横に振った。

「俺の口からは言えないし、他の大人たちも教えない。それを口に出来るのは、実際にその伝説に関わった双子の関係者だけだ。そういう人だけが事実を言う言わないの権利を持ってる。これは決まり事だ。この町に住んでいる以上はどんなことがあってもそれを破っちゃいけない。俺が聞いたときも、その人が一緒にいたよ」

「誰なの？」

「リュウズさんだ」

「リュウズさん⁉」

「リュウズさんの子供は、四十年前の〈夏向嵐〉のときに死んでしまった。それ以来、この町には双子がいない。生まれてきてもみんな引っ越しちまう」

「じゃあリュウズさんの子供って」

セージさんがうなずいた。

「双子だった。だから、どうしてもその理由を知りたかったらリュウズさんに会いに行くんだな」

セージさんはそう言って、軽く肩をすくめた。

「行ってみようぜ、リュウズさんとこ」

図書館を出た後、リックがそう言いだした。

「無理じゃないかな。セージさんだから教えたんだよ。僕らじゃダメだよ」

「んなことねぇよ。ゼッタイ教えてくれるって」

「どうして？」

自信たっぷりのリックにメグが訊いた。

「だって、アーチがいるんだぜ。セージさんの話からすると、アーチは四十年ぶりの

〈双子の関係者〉じゃないか」

みんなが、あ、という顔をして僕を見た。やっぱりリックはときどき鋭いことを言う。

下町通りをまっすぐ行って、〈ウィンダイアリー新聞社〉の角を曲がったところにあるアパート。この辺には昔から残っている石造りやレンガ造りの建物が多くて、リュウズさんの住んでいるところも石造りのすごく古そうな建物だった。

上がり口の階段をのぼって玄関のところに並んだ呼び鈴を探した。

「何号室だっけ？」

「２のＡよ」

アミが言って自分でその呼び鈴を押す。すぐに「はい」という声が聴こえてきて、一瞬みんなが顔を見合わせたけど、アミが答えた。

「あの、〈船場〉のアミですけど」

何も答えがなくて、でもガチャンと鍵が開く音がして、リックがうなずきながらドアを開けた。

アパートの中はしんとしていて、入ってすぐに階段があった。みんな何も言わないでぎしぎし音を立てる階段をのぼっていって、Ａという真鍮の小さな文字が貼ってあるドアをアミがノックした。何度か見たことあるような気がしていたけど、僕はリュウズさんの顔は覚えていなかった。だから、なんだかすごい恐そうなおじいさんを想像していたんだけど、開いたドアからのぞいた顔は、しわくちゃで、でも笑っていた。

「こりゃあ大勢でお越しだな」

狭いところだけど入れ、と言われて僕たちはおじゃましますって言いながら部屋の中に入った。確かにそんなに広くないけど、茶色のすごい複雑な模様の絨毯が敷いてあって、思わず見とれてしまった。こんな模様の絨毯をどうやって作るのか全然わからなかった。

部屋の壁にはたくさんの写真がフレームにはいって飾られている。コーヒーの良い香りがしていた。

長い白髪のリュウズさんは紺色の、でも何度も洗濯して色落ちした感じの長袖のシャツに柔らかそうなベージュのズボンをはいて、部屋の真ん中に立ってにこにこしていた。きっともうすごいおじいさんなんだろうけど、しゃんとしている。

「ちょうどコーヒーを落としたところだ。アイスミルクコーヒーにして飲むといいだろうな」

そう言いながらリュウズさんは台所に行った。「そのへんに座っているといい」という声がして、僕らはテーブルの回りにいくつか置いてある椅子やソファに腰掛けた。

「じじぃくさいなこの部屋」

小声でリックが言って、カイくんにこづかれていた。リュウズさんがお盆にコップを並べて台所から出てきたので、みんなが手伝おうと思って立ち上がったけど、リュウズさんは「座ってなさい」と笑いながらお盆をテーブルの上に置いた。

「まだまだ身体は動くさ」

リュウズさんが窓際の大きなロッキングチェアに、よっと言いながら座って、僕たちを見回した。

「さて、アミとメグと、それからカイはわかるが、そっちの二人は？」

リックと僕がそれぞれ自己紹介すると、リュウズさんはなるほど、とうなずいた。

「おまえさんが〈リトルアーチスト〉のアーチか。フウガさんの息子だな？」

「そうです」

「そして、双子の兄さんだ」

そうすると、と言いながらリュウズさんはパイプに火を点けた。スパッスパッと何回かふかすと、甘い香りが漂ってきた。ロドウさんがよく吸っていて、ロドウさんの部屋の中はいつもこの香りがしている。煙いのはちょっと困るけど、この香りは嫌いじゃない。

「さしずめ、儂の子供のことを訊きに来たというところかな?」

僕はそうですって言いながらうなずいた。

〈泣き双子岩〉の伝説を今日初めて聞いたこと、双子がたくさん死んでしまった話、その理由はリュウズさんしか話してくれないだろうとセージさんから聞いたこと。

リュウズさんはふーぅと言いながら椅子の背に寄りかかった。ロッキングチェアが揺れてる。

「もう誰もが忘れたい話なんだがな。まるっきり忘れられても困る。戦争と同じだなぁ。悲しい話は忘れちまいたいが、誰かがそれをまた繰り返しても困る。だから語り継がなきゃならん」

わかるか? とリュウズさんはみんなの顔を見た。それはなんとなくわかる。

「〈夏向嵐〉はやっかいな風嵐でな。ほんの何十分かで終わる年もあれば、何日も続く年もある。家の中に閉じこもってやりすごせればいいが、そうもいかんこともある。ひどい雨と一緒になって、土砂崩れが起こることもあるし、津波のように波が押し寄せて〈船場〉の家をさらっていくこともあった。とにかく、この町の歴史が始まって以来何十人何百人もの人間が犠牲になってきた」

みんな真剣に話を聞いていた。そんなにひどいものだったなんて想像がつかない。

「ある年のこと。もう何百年も前の話さ。〈夏向嵐〉が何日も続き、それこそ町が崩壊しそうなほどひどかった。これはきっと双子の神の怒りに違いない。神の怒りを鎮めに行こうと、何人かが決死の思いで舟を出して〈泣き双子岩〉に向かった。その中に、双子がいたという話さ」

双子。

「昔のことだから、話が伝わっているだけで誰も本当のところはわからん。だが、儀式を始めようとした双子の乗った舟が風にあおられ波に揺られて岩にぶつかり、沈んでしまった。誰も助けることはできなかった。だがな、その瞬間に、嘘のように〈夏向嵐〉が止んだ。まるでスイッチを切るようにピタッとな。誰もが自分の目を疑ったそうだ」

誰かが、小さく声を上げた。それって。リュウズさんが僕を見てうなずいた。

「こう言って、わかるな？〈いけにえ〉だなぁ」

アミやメグが、泣きそうな顔になっていた。カイくんやリックもひどい顔をしている。

「偶然だったんだが、そういうふうになってしまった。ところが偶然も二度三度と続けば必然になる。町が崩壊しそうなほどひどい〈夏向嵐〉のときに双子をいけにえに捧げるのが常になってしまった時代があったのさ」

「そんなの、そんなのひどいじゃないか！」

リックが立ち上がって叫んだ。拳を握ってぶんぶん振り回した。リュウズさんはにこっと笑って、まぁ落ち着けと言った。

「大昔の話だ。ずっとずっと大昔の、〈いけにえ〉なんてものを誰もが信じて疑わなかった時代のな。そんなものは迷信だとみんなが考えるようになってからは、誰もそんなことを考えなかった。〈夏向嵐〉から自分たちの身を、町を守ることを文明の利器と道具と知恵を使って考えるようになった。だから、本当に古い、過去の悲劇だ」

「でも」

アミだ。

「でも、リュウズさんの子供は」

言おうとして、アミは口を閉じてしまった。リュウズさんは苦笑いしてうなずいた。

「たとえ伝説でもな。何百年も経ってその悲劇の感情が薄れかかる頃に、そんなバカなことがあるか、と試してみようとする奴が出るもんだ」

思い出したように、リュウズさんはアイスコーヒーを一口飲んで、あぁと声を上げた。

「久しぶりにひどい〈夏向嵐〉が来た。何日も何日も続き、町が死にそうになったときに、ある双子の兄弟がな、当時で精一杯の準備をして海に出た。まだ十六歳だった。若さ故の無鉄砲ってやつだ。そしてあの岩のところで海に飛び込んでみた。驚いたことに嵐が数分も経たないうちに止んだのさ。もちろんその双子は死ぬつもりはまったくなかったが、やはりダメだった。嵐の海に揉まれて死んでしまった。そして、古い伝説が復活したのさ」

リュウズさんは、僕らを見回して、ふーっとためいきをついた。それから壁の方を見た。僕は気づいていた。そこに、たぶん若い頃のリュウズさんと、その家族の写真があることを。

「馬鹿な息子たちだが、その息子たちを、双子を、町の悲劇の伝説を破ろうとしてこの町で育てたのは儂だ。親の馬鹿さ加減は子にも移る」

壁の写真を見つめて、リュウズさんは苦笑いした。

「本当に神の怒りなんてものがあるのかどうか、儂にはわからん。人の命を奪うような神さんの存在なんざ認めたくはない。ずっとそう思っていた。だがなぁ」

僕を見た。

「そのときは、確かにそうやって双子が死ぬことで〈夏向嵐〉が止んでしまったのは事実だ。でもな、アーチよ」

「はい」

「おまえの父さんが、まさに神の御業みたいに〈夏向嵐〉を止めてしまった。五年間もの間〈夏向嵐〉が来ないなんてことはまさに奇跡だ。もう、何も心配することはないんだろう。おまえの妹たちも、この町ですくすくと育ってくれている」

それから、みんなを見回して笑った。

「何も心配することはない。みんな仲良く遊んでいなさい。おまえさんらは遊ぶことが仕事だ。子供が無心に遊べば遊ぶほど、そういう子供が多くなればなるほど、世の中がうまく廻っている証拠だ」

子供が遊べない時代は、もう二度と来てほしくないと、リュウズさんは少し淋しそうに笑った。

☆

「どうかね。〈水のエキスパート〉としては、どう思うかね。そんな神の怒りなんてことは」

リュウズさんにそう訊かれて、ミズヤさんの顔が少しゆがんだ。展望台から振り返って〈泣き双子岩〉を見つめた。

「多くの伝説が、気象に関係していることは歴史的事実です。けれども、人間をいけにえに捧げることによって気象に急激に変化をもたらすということは、我々の知識と経験の中にはありません」

だから、とミズヤさんは真剣な顔をした。

「神の御業が本当にあるのだとしたら、我々〈エキスパート〉の永遠の宿題になるのでしょうね」

リュウズさんも、海を見つめてうなずいていた。リュウズさんは父さんにも同じことを訊いたことがあって、父さんも今のミズヤさんと同じようなことを言ったそうだ。

〈泣き双子岩〉の事件

リュウズさんが少し疲れたので帰ると言って、邪魔したね、と手を振って坂を下りていった。その背中を見送って、僕とミズヤさんはベンチに腰掛けてヨォさんに用意してもらったお弁当を広げた。お弁当の中身はサンドイッチとポテトフライと魚のフライ。

コールスローも入っていた。

水飲み場から水を飲んだミズヤさんは、うん、と嬉しそうに笑う。

「美味しい水だね」

湧き水を飲むだけでそこの土地のことは大体わかるそうだ。特に〈緑のエキスパート〉なんかは、その成分までわかってしまう。

「ここは豊かな土地だよ。農業が発展してないのが惜しいぐらい」

土地が少ないのと風のせいだろうなぁってミズヤさんはつぶやく。

「さっきの話だけど」

「はい」

「まだ続きがあるんだよね。肝心の事件が」

サンドイッチを食べながら僕はうなずいた。

☆

「いやな話だよなぁ」

リュウズさんのアパートを出て、歩き出すとリックが何かを蹴るようにしながら言った。

「そうだね。そんな話になるとは思ってなかったな」

カイくんが眼鏡をあげた。

「大人たちが話そうとしないのもわかったね。こんな話、誰にもしたくないし、思い出したくない」

アミが言って、メグもうなずいていた。

「わたしたちの町の歴史にそんなのがあったなんて、思いたくない」

もう〈夏向嵐〉は心配しなくていいっていうのはわかっている。もしまた風の流れが、仕組みが変わって〈夏向嵐〉が来たとしたも、父さんがまたそれを変える。嵐が続いたって、今なら家は頑丈になっているし、嵐の間はどこかに避難したっていい。でも。

「不思議だよね」

いちばん最後を歩いていた僕が言うと、みんなが立ち止まってこっちを向いた。

「どうして双子が死んじゃうと〈夏向嵐〉が止んだんだろう」

どう考えたって不思議な話だと思う。〈夏向嵐〉はただの自然現象だ。父さんはその仕組みを読み取って、消えるように仕向けたんだ。

父さんは神さまでも魔術師でもない。〈風のエキスパート〉だ。風の流れを読んで、その流れを理解して組み立てる。〈エキスパート〉のやることは奇跡でも何でもなくて、ちゃんと理屈が通っていると父さんがいつも言う。

「この世界の出来事は、全部この世界にあるものでしか起こらない」

そう言っている。なのに。

「確かにそうだよな」

リックがうなずいた。

もう海岸通りに出ていて〈巨人の腕〉が見えてきた。その向こうに〈泣き双子岩〉がある。今日は何日だっけ、と考えていた。僕は経験したことがないけど、以前は〈夏向嵐〉が吹き荒れた頃になっている。

そのまま前浜に降りていって、なんとなく〈巨人の腕〉の方に歩いていった。僕はずっと向こう側に見える〈泣き双子岩〉を見つめていたんだけど、アミが急に目の前に立って言った。

「ダメだからね」

「え？」

「〈泣き双子岩〉のところに行ってみようかなって思ってたでしょ」

どうしてわかるんだろう。

「いくら〈夏向嵐〉がもう吹かないからって言っても、この時期にあそこに近づいちゃいけないっていうのはあるんだからね」

アミの顔が真剣だった。

「でも、僕は双子じゃないよ」

「双子のお兄さんじゃない」

「ただ、見てくるだけだよ。僕はボートであそこまで行ったことないし」

「ボートなんか貸さない」

みんなは僕とアミのやりとりを黙って聞いていて、でもカイくんが急に右手を上げた。

「僕も行ってみたいな。そういえば行ったことないし」

リックが砂を蹴った。

「だな。行ったってただの海と岩なんだろうけどな。でも確かめたいじゃん」

「絶対ダメ！　私だってメグだってボートは貸さないよ」

そのとき、急に声がした。

「俺が出してやるよ」

驚いてあたりを見回すと、すぐ脇のところに置いてあったボートから誰かがむっくりと起き上がって、それはニヤッと笑っているセージさんだった。

「セージさん！」

セージさんは起き上がってボートからひょいと飛び降りるとまた笑った。

「どうしてオマエたちは俺のいるところでそんな話ばかりするんだ」

そう言って、来いよ、と首をくいっと動かして歩き出した。

「俺のモーターボートを出してやる。八人乗りだから全員乗れるし、それならアミも安心だろう？」


セージさんの自分専用だっていうモーターボートはすごく大きくて、カッコよかった。海の色に負けないぐらいの真っ青の船体に黒いラインが入っていた。アミが、こんなすごいのを持っているのはセージさんぐらいだって言う。

「〈ウミガラス号〉って言うんだ」

念のため全員にオレンジ色の救命胴衣を付けさせて、セージさんは港の脇のヨットハーバーから船を出した。ここから見る港の風景は初めてだ。

〈ウィングマッチ工場〉の赤白の高い二本の煙突や、海風で赤茶けてしまっている工場の倉庫、ずらっと並んだ〈船場〉の家、港の入口に並んでいる緩衝用のテトラポッド。

いつも吹いている風が細かい波を作っているけど、スピードを上げたセージさんのボートはその波の上をバウンドするようにしてぐいぐい進んでいく。あっという間に〈巨人の腕〉が目の前に迫って来て、ひゅんひゅんひゅんひゅんっていうあの音が聞こえてくる。

そして〈泣き双子岩〉もすぐそこにあった。

ボートのスピードが急に遅くなって、岩の十メートルぐらい手前でほとんど停っているぐらいのスピードになった。僕らの町がずっと向こうに見える。セージさんは運転席でハンドルを握ったまま、ゆっくりボートで岩の周りをまわった。

〈泣き双子岩〉は、ひとつはまるで三角の山みたいに海から突き出ていて高さはきっと十五メートルぐらい。もう一つはまるっきり逆に、三角形が突き刺さったみたいになって高さも同じぐらいある。もちろんのぼったことなんかないし、のぼれるはずがないけど、あの上でキャンプでもしたら楽しいだろうなって話したこともある。

町の高いところから見る岩の上は真っ平らで、いつも鳥たちが休憩しているんだ。そこから何十羽もいっせいに高く飛び上がっていくこともよくある。テントだって四つや五つぐらい余裕で張れる広さがあると思う。

ボートが岩にぶつからないように、セージさんは今度は二メートルぐらい手前でまたゆっくりと岩の周りをまわった。僕たちはそこに何かあるかと思って、真剣に岩のあちこちを眺めたんだけど、何もなかった。ただの岩だ。

「ちょっと行ってみるか」

セージさんはそう言うとハンドルを回して、岩と岩の間に向かっていった。隙間はちょうどボートが二艘ぐらい並んで通れるぐらい開いている。手を伸ばせば届くぐらいの距離で岩と岩の間をすり抜けて、首が痛くなるぐらい見上げて確認したけど、やっぱりただの岩だった。

「なんてことないよなー」

リックがそう言って、僕は頷こうとしたんだけど、呼ばれたような気がして思わず周りを見渡した。

「どうしたの？」

アミが訊いてきた。

「いや」

何だろう？　何かが、誰かが呼んだような不思議な感じ。説明しようとしたときに、セージさんが声を上げた。

「波がおかしい」

少し緊張したような声。

「ぬけるぞ。つかまれ！」

セージさんが大きな声で言った瞬間だ。

まるで巨人が海の中からボートの底を押し上げたみたいに、信じられない高さまでぐわっとボートが持ち上がった。

アミやメグが悲鳴を上げて、倒れそうになった僕たちがどこかに掴まろうとしたときだ。突然耳が痛くなるぐらいのゴーッという風音が高く高く響いて、ものすごい風が僕たちを取り囲んで、身体が持ち上げられた。

信じられなかった。身体が風で宙に吹き飛ばされたんだ。下から押し上げられているのに、同時に空の上から引っぱり上げられるようにすごい勢いで身体が飛んでいく。叫び声や悲鳴が聞こえて、身体がぐるぐるぐるぐる回って、空と海がいったいどっちがどっちなんだかわからなくなった。

空に飛ばされた。

ものすごい風が吹いて空に放り上げられたんだ。

僕のすぐ近くにアミがいるのがわかった。悲鳴を上げながら手足を動かしていた。

宙に浮いていくスピードがだんだん弱まって、一瞬だけ空中で留まって、身体が落ち始めた。下は岩だった。〈泣き双子岩〉の広い岩が、真下にあったんだ。学校の屋上から地面を見下ろしたぐらいの高さ。

落ちたら、死ぬ。

そう思って、手を伸ばした。アミだけは助けようと思ったんだ。すぐ近くで同じように落ち始めたアミの身体を必死で手を伸ばして僕はつかまえて抱きしめた。

「アーチ！」

アミが泣きそうな声を上げて僕にしがみついてきた。僕は自分の身体を一生懸命捻って、アミを上にした。こうすれば、きっとアミは助かる。僕が死んでもひどい怪我をしても僕がクッションになってアミは助かる。

そう考えた瞬間にボサッ！という音と一緒に岩の上に落ちて、アミの身体が僕の上でバウンドしてお腹を打って息が苦しくなって。

でも、なんともなかった。確かに〈泣き双子岩〉の上に落ちたはずなのに。

「アーチ！」

眼を開けるとアミの顔がすぐ目の前にあって、僕らはまだ抱きあったままだった。

「大丈夫!?」

「大丈夫！　アーチは？」

大丈夫って答えて、抱きしめていた手を放して下についた。柔らかい感触があってびっくりして見ると、草とかワラとか木くずとか。とにかくそういうものがくぼんだところにいっぱい敷いてあったんだ。ぐるっと見回すと二メートルぐらいの広さに。

「これって」

「鳥の巣?」

こんな大きな鳥の巣があるわけない。立ち上がってみるとあちこちに鳥の巣らしきものがあるけど、それは普通の大きさだった。

「きっと、風が舞っていて、ここにいろんなクズが集まっていたんだ」

そんな感じだった。岩のそこが大きく窪んでいて、そこに鳥の巣から飛ばされたいろんなものが集まっている。よく見たら新聞紙とかビニール袋とかゴミもいろいろ混じっている。

「怪我はない?」

アミが訊いた。手のひらを少しすりむいたけど、なんともない。こんなの怪我のうちに入らない。アミが僕の手を握っていた。二人で手を握りしめながら、辺りを見回してみた。〈泣き双子岩〉の端に僕とアミは立っていた。そこは想像していた通りとても広くて、岩だけじゃなくて土もあった。草も生えている。海鳥やカモメがあちこちに停っていて僕らを見ていた。

「見て！」

「すごい！」

すごい景色だった。

周りは全部海。まるで海の上を飛んでいる岩に乗っている感覚。

「みんなは⁉」

思わず景色を眺めてしまったけど、他のみんなはどうしたのか。ゆっくり慎重に端っこまで歩いて行って、下を見てみた。

「あそこ！」

岩から少し離れたところにセージさんのモーターボートがあった。ひっくり返ってはいない。ボートの上にはセージさんがいて、メグが海の中からボートに上がってくるところだった。

「カイくんとリックは？」

「あそこにいる！」

アミが指さした方、ボートから五メートルぐらい離れたところに二人とも浮いていた。ボートに向かって手を振って、セージさんがボートをそっちに回そうとしていたから、大丈夫だ。僕とアミはホッとして、息を吐いた。

「良かった」

ホッとして、それからアミと顔を見合わせて、考えた。

「たぶん、波と風だよね」

どういうわけかわからないけど、急にせり上がるようにして大きな波がボートを押し上げた。そしてそれと同じタイミングでものすごい強い風が吹き上げて、みんなの身体を宙に飛ばした。僕とアミはその風に乗ってしまって、この岩の上まで飛ばされたんだ。

でも、海からこの岩の上まで十五メートルぐらいはある。

そんなすごい風が吹くなんて。

「大丈夫か！」

セージさんの声が聞こえてきて、見ると僕たちに向かって手を振っていたので振り返した。

「大丈夫！　アミもなんともない！」

リックやメグがホッとした顔をするのが小さく見えた。

「そこで、じっとしてろ！　飛びこんだりするな！　今、助けを呼んでくるから！」

「待ってろよ！　すぐに来るから！」

リックが叫んで、カイくんやメグが手をふって、セージさんのボートが遠ざかっていった。

きっとアミならここからでもダイビングできるだろうけど、風が強い。身体が流されて下の岩にぶつかったりしたら大変だ。セージさんの言う通り、無理しない方がいい。

セージさんのボートはすぐに戻ってきて、今度はカイくんがハンドマイクで喋りだした。

《すぐにみんな来るから。怪我してない？》

僕は腕で丸を作った。

《おやつを持ってきたよ。今、セージさんが投げるからね》

セージさんは釣りざおを持ってきたみたいで、糸の先に荷物をくりつけていた。投げ釣りの要領で足を踏ん張って、釣りざおをしならせて竿を振ると、音を立てて荷物が飛んできて、しかも横風も計算したみたいにぴたりと僕たちの後ろにそれが落ちた。

「すごいなぁ」

「セージさんだからね」

荷物をほどくと、そこにはチョコレートやサンドイッチが入っていた。

「なんだかピクニックに来たみたい」

アミが笑った。それから、たくさんの舟がこっちに向かってくるのが見えた。漁船もあったしモーターボートもある。ジャイロコプターの音も聞こえてきて、僕らの上の方を旋回しているんだけどなかなか近づけないみたいだった。

「どうしたのかな」

「たぶん、風だよ」

「風？」

さっきから、岩の周りでときどき強い風が吹き上げるように吹いてくるのに気づいていた。きっと僕とアミをこの岩の上に運んだのも、この風なんだ。

「ジャイロコプターがあおられて近づけないんだと思うよ」

結局ジャイロコプターは帰っていった。後からセージさんがハンドマイクで説明してくれた。やっぱり下から吹き上げる風が予測できなくて、ジャイロコプターは近づけないそうだ。父さんも来ていて、夜になれば風が吹く間隔が長くなるから、それまでがんばれと言った。

僕とアミのために釣りざおを使っていろんなものが届けられた。服とマッチと薪と固形燃料に毛布、雨合羽に小さなテント。あとはランタンとかお菓子とかジュースとか。岩の上が広いから、投げ釣りの上手な人には簡単なことだったみたいでたくさんの人がいろんなものを放り投げてきた。あんまりたくさんのものがくるので、このままここで暮らせそうなぐらい。

岩の上から見る水平線はとてもきれいで、そこに沈む夕陽も、いつも見ているものとはなんだか感じが変わっていた。すごいねってずっと二人で話していた。


暗くなってくるとたき火をおこした。二人で並んで座って、火を見つめていた。たき火を見てるとおもしろいなっていつも思う。火は、いっつも違う形をしている。岸の方を見ると、砂浜でも大きなたき火が見えて、きっと僕らのことを助けようとしている人たちがあそこで待っているんだなって思った。

「心配掛けちゃったね」

アミが言うので、うなずいた。それから、アミに謝った。僕のわがままでこんなことになってごめんって言うと、アミはニコッと笑った。

「これはアーチのせいじゃないよ。それに、ここにこんなすごい風が吹くってわかったから、貴重な発見。みんなそう思ってくれるよ」

それはそうかもしれない。でも、それにしても。

「不思議だよね」

「なに？」

「どうして僕とアミだけが飛ばされたのか」

僕の隣にはリックが座っていたし、アミの隣にはメグが座っていた。みんながここに飛ばされてきてもおかしくなかったのに。

「双子の神さまが間違ったのかもよ」

アミが言う。

「わたしとアーチが似てるから、双子だと思って沈めようとしたけど途中で気がついたのかも」

助けようと思って、そのまま岩の上に落としてくれたのかもねってアミは笑う。それならもう少し優しくしてくれればいいのにと思ったけど、考えてみたらあのくぼんだやわらかいところに落ちたのも不思議だった。この岩はこんなに広いのに。

「そう考えようよ」

そう考えた方が、きっと楽しい。そう言ってアミはまた笑った。

気がついたらすっかり夕陽が沈んで真っ暗になってしまっていて、風が少し冷たくなっていた。

「寒くない？」

「大丈夫」

アミはそう答えたけど、薪を追加して火を大きくした。みんなが届けてくれた薪はこのまま一晩ずっとたき火ができるぐらいある。アミが僕の方に身体を寄せてきた。

「わたしね」

「うん」

「このままずっとアーチと一緒にいたいなって思ってるんだ」

「ここに？」

アミが笑って、ここじゃなくてもどこでもって言った。だから、僕もそう思うよって答えた。

☆

ミズヤさんが何かをメモしていた。

「仕事に関係がありそうなんですか？」

「そうだね」

そう言って、海と空を指さした。

「嵐は、風によって引き起こされる。それはつまり風の領分だけど、その風によって暴れだす雨と海は水の領分だ。〈夏向嵐〉という嵐のシステムも考えに入れておかないとならないね」

また何かを書いてから、ミズヤさんは言った。

「後でちゃんと訊くけど、フウガさんはその風について何か言ってた?」

「岩の形や周りの地形や、いろいろなものが組み合わさって生み出す奇跡のような風だって言ってました」

あの岩の上で休憩している鳥たちがいっせいに空高く舞い上がっていけるのも、その風のせいらしい。そう話してくれた。でも、どうしてアミと僕だけが岩の上まで飛ばされたのかはわからない。

「結局、どうやって降りたの?」

「夜になって、ジャイロコプターでです」

「相当怒られたろう?」

実はそうでもなかった。父さんはもともとあんまり怒る人じゃなかったから「まぁいい経験になったろう」って笑うだけだった。セージさんがうまく言ってくれたみたいで、他の人たちも、とにかくみんな無事で良かったと言ってくれた。

「でも、町を騒がせた罰として、三週間、駅と町役場と図書館の掃除をみんなでしました」

そりゃ大変だったねと、ミズヤさんはイヤそうな顔をした。

「僕は掃除が大の苦手なんだ」

シュウレンさんに言っておかなきゃ。

[WINdiary NEWS]　××六四年七月一日

〈ワイズ・コラム〉

カーニバルだ。

老いも若きも、そして何より子供たちが一年のうちで一番楽しみにしている夏がやってくる。そもそもこのカーニバルは、今となってはもう思い出になろうとしている〈夏向嵐〉にその発祥がある。〈夏向嵐〉は何故か我が町にしか吹かない嵐だった。海からやってきて我が町のみを荒らしまわりまた海へと去っていく。そのため、近隣の国や町は我が町が防波堤となって嵐の被害を食い止めてくれていると、毎年感謝の念をおくってくれた。それは山の恵みであったり復旧のための人手だったりしたのだが、やがてそれは被害の悲嘆に沈む人たちを励ます祭りへ代わっていった。

忘れずに伝えよう。人と人の繫《つな》がりが、優しき心と未来を願う気持ちがこのサマーカーニバルになっていったことを。そして、なにはともあれ、思いっきり楽しもうではないか。（Y・S記）

Summer

夏のカーニバル

七月に入って、船に乗っているロドウさんから電信が届いた。

《今年もサマーカーニバルはおもしろいぞ！　期待してろ！》

ロドウさんは今、カーニバルの人たちと一緒に船に乗っている。毎年夏になると、ロドウさんはそうやってカーニバルを迎えに行くんだ。

ロドウさんも〈カンクジョー〉を開いたときからずっといるお客さんで、だからもう家族みたいな存在だ。キサとトアなんかは〈ロドウさん〉じゃなくて〈おじさん〉って呼んでいる。船乗りだって自分では言ってるけど、本当の職業はわからない。しょっちゅう船に乗ってどこかへ出かけて、帰ってくる度にいろんなおもしろいお土産を持ってきてくれる。

ロドウさんはいったい何をやっているのかって父さんに訊いたら、苦笑いしていた。

「そうだな、お前たちにもわかる言葉にすると、貿易商かな」

「貿易商？」

「と言っても、たった一人でやっている貿易商だけど」

船乗りだったことは間違いなくて、いろんな国のいろんな船に顔が利く。それで世界中をめぐって町の人が欲しがるものを探してきて、それを売っている。でもそれだけじゃない。カーニバルもそうだけど、いろんなものをあっちからこっちへ動かして、それでお金を稼いでいるらしい。

この間は、とても古いメリーゴーラウンドをどこかから運んできて、それを町の大きな公園に設置していた。寄付したのさってロドウさんは言っていたけど、ちゃんと使用料の何パーセントかをもらっているという人もいた。

「人が必要としているものを、探し出してきてその人に売る。そういう意味では喜ばれる職業だな」

父さんはそう言っていて、でも後からユーミさんに訊くと、あぁそういういい言い方もあるわねぇと笑っていた。

ユーミさんはアカリママの姪で、カイくんの話だと十年ぐらい前にこの町に来てずっとお店で働いている。

〈ハーバーライツ〉はもともとはアカリママのだんなさんがやっていた店だそうだ。昔は漁師だったアカリママのだんなさんは足を悪くして舟に乗れなくなってしまった。それで、仲間のためにと店を開いた。でも何年か前に〈夏向嵐〉で亡くなって、それからはずっとアカリママが店をやっているんだって言ってた。

「ペテン師って呼ぶ人もいるわよ」

「ペテン師？」

それは、人をだましてもうける人のことだ。

「ロドウさん、ペテン師なの？」

ユーミさんは口に手を当てて笑った。

「そうだったら今ごろ逮捕されてるけどねぇ」

それはそうだ。

「近いところはあるかもしれないけど、まぁでも、みんな喜んでいるんだから、まんざら悪い商売でもないわよね」

結局そのときはわからなかったけど、今は、なんとなくわかる。でも、ロドウさんはいい人だ。

「父ちゃんなんか、今でもダマされたって言ってるぜ」

ロドウさんからの電信をみんなに言って、ロドウさんが本当は何をやっているかっていう話をしていたら、リックが言った。

「ダマされたの？」

「わかんねーけど」

リックの父さんはロドウさんにすごい立派で高価なパイプを探してもらってきて買ったそうだ。なんでも昔の皇帝が使っていたパイプだって話。

「写真で見て父ちゃん一目惚れしてさ。ロドウさんはちゃんと鑑定書付でそのパイプを探してきたんだけど、どうも他にもそのパイプはあるらしいって風の噂に聞いて怒ってたぜ」

「そうなの？」

「わかんねーけどな」

リックの父さんは、〈ハーバーライツ〉で飲んでいて、そのパイプを使うときはいつも周りの人にそうやってグチってるそうだ。

「でも結局そのパイプはすっげえお気に入りなんだけどな」

「そうなんだ」

「偽物でもなんでも、値段以上の価値はあるってさ」

そのロドウさんとカーニバルの一行が乗った船が着く日。

その日は、港に町中の子供たちが集まってくる。

船体を赤く塗られた〈グランディア号〉が港に近づいてくると、埠頭に並んだ楽隊が元気の良いマーチを演奏しだして、僕たちは紙吹雪やクラッカーの用意をする。船のデッキにはもうたくさんのカーニバルの人がにぎやかな衣装を着て並んでいて、手を大きく振る。タラップが下ろされてみんなが降りてくると、僕たちはありったけのクラッカーや紙吹雪で出迎えるんだ。

サーカスの衣装の人、高い竹馬に乗った人やジャグリングをする人、燕尾服やドレスで正装した人、いろんな格好をした人がキャンディやクッキーや自分の興業のチラシを配ったりしながら、そのままカーニバルの場所〈サイレントウォール〉の前の広場までパレードするんだ。モーターサイクルやオープンカーも船から降ろされてゆっくりと走る。トラックの檻に入ったライオンも観られるし、子象の背中に子供を乗せてくれたりもする。

この日は、子供たちばかりじゃなくて大人も楽しみにしているから、港から〈サイレントウォール〉までの海岸通りはたくさんの人で大にぎわいになる。

リックもカイくんも僕と一緒に来ていた。もちろんキサも一緒。トアはこれを毎年見られなくて残念だけど、かわりに最終日のナイトパレードが見られるし、ちゃんとキサはカメラを構えている。

八月の初めから一週間、〈サイレントウォール〉の前の広場で町中が大にぎわいになって行われるサマーカーニバル。

これが終わると、この町の短い夏が盛りを迎えるんだなってみんな思うんだ。

「今年は何をする？ 見る？」

パレードと一緒に歩きながら、カイくんがチラシを何十枚も手に持って聞いてきた。カーニバルの出し物が作って配る宣伝チラシは色とりどりでとてもキレイだ。ただ見て読むだけでも楽しいし、カイくんは毎年それを全部コレクションしている。僕もいつかこれでコラージュなんかすると楽しいと思って集めている。

「ロケット人間ショーは外せないだろ。これ自分も空を飛べるんだぜ」

リックが言う。

「ハプニング・マーダーランドがおもしろそうだよ。世界中の変な事件や殺人事件を集めたんだって書いてあるよ」

「うわっそれパス」

大観覧車にモーターサイクルショー、ハンプティダンプティにウォーターホッピング、テントベースボールにサーカスショー。どれもこれも楽しそうで、三人でどれを観に行くか話しながら、僕はアミの姿を探していた。去年は一緒にいたのに、今年はいない。さっき見かけたけど、アミはメグと一緒にいて、少し淋しそうな顔をして僕たちを見ていた。

こういうときにアミがいないと、なんだか隣が涼しい気がしてしまう。

学校で会うのはもちろんしょうがないけど、家に行ったり遊んだりするのはダメだってお父さんに僕と会うのを止められてしまっている。例の問題が片づくまでは絶対にダメだと言われたそうだ。

もちろんアミは怒ったけど、それにいつだって会おうと思えば会えるけど、見つかったらきっと僕に迷惑がかかるからって泣いていたそうだ。この間メグが一人で家に来て、そう話してくれた。

僕が向こうにいるアミの姿を見ていたら、リックがパンと僕の背中をたたいた。

「しょうがねぇよな」

リックが帽子を取って、ポンポンと叩きながら下を向いた。

「アミも辛いよね」

カイくんが言う。

アミはお父さんと二人暮らしだ。お母さんは、まだアミが三歳の頃に〈夏向嵐〉の犠牲になった。それからはお父さんが一人で頑張ってアミを育ててきた。だから、お父さんには逆らいたくない。心配は掛けたくない。

「ドウバさん、〈夏向嵐〉がなくなって本当に喜んでいたんだって。フウガさんに足を向けて寝られないって言ってたそうだよ。でも、こんなことになっちゃって、アミよりドウバさんの方が辛いんじゃないかな」

カイくんはそう言って、僕の肩をたたくからうなずいた。アミと話せないのは淋しい。でも、きっと僕より淋しい人はたくさんいるんだ。

カーニバルの展示会

「展示会?」

「そうなんですよ」

パレードが終わると、ロドウさんがワキヤさんという人を〈カンクジョー〉に連れてきた。なんでもワキヤさんは、カーニバルで世界中のめずらしいものを展示するテントを出すんだそうだ。目玉は一角獣の角とマンモスの胴体。どちらも氷河の中から掘り出したものですとニコニコしながら言っていた。その隣にテントを張って、カーニバルの期間中僕の作品の展示をしたいそうだ。

一緒に話を聞いていた父さんは首をかしげた。

「いや、息子の作品でお金を取るようなことは、今のところしていないんですよ」

「あぁ、もちろんそれはロドウさんから聞いています」

ロドウさんもうなずいた。

「向こうで会ったときからアーチの大ファンなんだって随分熱心でね。でも基本的にそういう商売っ気のあるものはダメだって言ったんですがね」

どうにもあきらめなくってとロドウさんは苦笑した。ワキヤさんは真剣な顔で、商売抜きです、と言った。

「ただただもう私がアーチくんの作品を見たいだけなんですが、商売柄ですね、どうせならその作品に合う形できちんと展示してじっくり見たい。そしてどうせ展示するのなら他の人にも観てもらいたい」

もちろん入場料なんか取りませんって続けた。カーニバルに来た人には無料で公開する。そう言って、でも、その後、少し苦笑いした。

「いや、正直なところを言いますと、アーチくんは世界的にも有名でこの町の人気者でもある。そのアーチくんの作品展示を私のテントの隣でやれば、私のところにもたくさん人が来てくれるだろう、という取らぬタヌキの何とやらはありますがね」

父さんも少し笑って、それでもまだ考えていた。でも、ロドウさんやマイカさんも、僕の工房にただ置いてあるだけのいろんな作品を、町の人にもちゃんと観てもらういい機会じゃないかと言った。

「確かに未熟な作品もいっぱいありますけどね、アーチの今までの変化を見てもらうというのでもいいのじゃない？」

マイカさんが言うと、ロドウさんもうなずいた。

「ついでだから、写真撮ってさ、年代順のちゃんとしたファイルを作っておくって手もあるなと思ってさ」

「まぁ、そうかもしれないな。みんなへの恩返しというのもあるか」

今まで良くしてくれている町の人にきちんと観てもらうというのもいいだろう。せっかくのカーニバルだからな、と父さんは言って、僕を見た。

「お前はどう思う？」

「いいよ」

みんなに観てもらうことはぜんぜんかまわない。それでみんなが喜んでくれるなら。

そう言うとワキヤさんは涙を流して大喜びしていた。

それからすぐにテントの準備が始まって、工房にある僕の作品をワキヤさんと仲間の人が丁寧に丁寧に運んでいった。ロドウさんが俺が連れてきちまったから責任があるって言って、ちゃんと包んでいるかどうか、壊れないかどうかチェックしていた。

「なんだか忙しくさせちまって悪いな」

作品が全部運び出されると、ロドウさんはあごひげを右手でこすりながら僕に言った。

僕は何にもしてないから平気だ。

「展示中は、俺が毎日見張るからな。それこそ大船に乗った気持ちで安心してくれ」

ロドウさんは、大きな胸をどん！　とたたいて笑っていた。

急に決まった展覧会の話を聞いて、町長さん、つまり駅長さんがテントまでやってきた。僕の作品を展示するんだったら、一緒に町の美術庫に眠っているものを展示してくれないかと相談しに来たそうだ。その中にはもちろんマイカさんの絵もある。ワキヤさんとロドウさんが話を聞いていた。

「ご存知のように、庁舎の展示ホールはあの通りです」

ホールって言っても、広さは僕の部屋ぐらいしかない。

「さして高価なものはないんですが、眠っている美術品を一堂に並べる機会というのもあまりない。それで今回の話を聞きましてね」

ワキヤさんはそれは素晴らしいって駅長さんの手を握った。

「ご覧の通り、テントにはまだ余裕があります。いやこれは幸運だ！　そんなに素晴らしい展覧会がここでできるなんて思ってもみなかった！」

それからワキヤさんは僕のところにきて、それでも問題ないですよね？　と心配そうに訊いてきたけど、全然かまわない。

「いいですよ。僕もそういうのがあるのなら観たいし」

「決まった！」

ワキヤさんが飛び跳ねるようにして喜んでいた。

サマーカーニバルにはもちろん近くの町に住む人たちもやってくる。

だからその一週間の間は、駅を利用する人も普段より多くなって駅長さんも少し忙しい。親戚の子供とかが家に泊まりにやってくる友達も多いし、リックもカイくんもアミもメグも、従兄弟や親戚の相手で忙しい日もある。〈カンクジョー〉も空いている部屋は期間中は一杯になってしまう。

キサは去年からモーターバイクショーに凝っていて、何回も何回も観ようとする。大きなテントに作られたすごい傾斜のコースを、ぐるぐるぐるぐるものすごいモーター音を立てて走り回るモーターバイク。キサはその音がとても好きらしい。大きくなったら絶対モーターバイクに乗るって騒いでいるし、セージさんがときどき乗ってくるモーターバイクにまたがってきゃあきゃあ言ってる。

トアは一昨年からブームマッパーに凝っていて、何回も何回も挑戦する。単純に投げたボールが景品の番号に当たればいいんだけど、投げる道具のブームマップは微妙にカーブしているし、ボールも軽いから空気抵抗でふらふらする。狙ったところに当てるのは僕らでもかなり難しい。でも実はトアはこれがかなり巧くて、去年なんか一緒にやっていたセージさんがびっくりしたぐらいだ。力が無いから逆にいいみたいで、去年に続いて一等賞を取るって頑張っている。

もちろん昼間もメーリーゴーラウンドやモーターバイクショーやそういうのはやって

いるけど、やっぱりカーニバルは夜の方が楽しいと思う。きらきら光る電球やネオンライトで明るくなってる広場を見ると、カーニバルだなって感じがするんだ。毎年これを観られないキサは少しかわいそうだ。

「よぉ」

「セージさん！」

トアが喜んで飛びついていった。二日目の夜に、セージさんは家にやってきて、一緒にカーニバルに出かけた。トアはうれしそうにセージさんと手をつないでぴょんぴょん歩いていく。

カーニバルの間、なぜかセージさんはよくキサとトアの相手をしてくれるんだ。昼間はキサを連れてあちこち回るし、夜もふらっと現われてトアを肩車して楽しそうに相手をしてくれる。

「あれはね、カモフラージュよ」

マイカさんがそう言っていた。

「カモフラージュ？」

はずかしいのよ、とマイカさんはにやっと笑った。

「カーニバルをとことん楽しみたいけど、セージぐらいの年になると子供向けのところはずかしいじゃない。でもキサやトアと一緒だと、大っぴらに入っていけるからね」

なるほど、と思った。でもそんなことを言ったらセージさんに怒られそうだから、黙ってキサとトアを預けている。ずいぶん助かるし。

この期間は本当にみんなが楽しそうだし、忙しそうでもある。お店をやっている人はお客さんがどんどん来るし、ヨォさんの〈海岸亭〉もすごく忙しくて、この時期はアルバイトも雇っているぐらいで、〈カンクジョー〉に宿泊している人の特別メニューもお休み。普通のメニューでご飯を食べるようにしているんだ。

展覧会は大好評で、町の人や学校の友達もみんな観に来ていたみたいだ。毎日のように家に来ているリックやカイくんも、きちんと展示されている僕の作品を観て「やっぱりこうすると違うなぁ」って感心していた。みんなが喜んでいたから、僕も父さんもやってよかったなって思っていた。

それに今まで観たこともなかった町の美術品を観られたのもすごい良かった。普通の人が描いた絵や、ブロンズ像やいろんなものがあったけど、どれもこれも昔の雰囲気や様子を伝えていて、僕は何度も何度も観て回っていた。自分の作品を作った順番に観て回るのも、なんだかすごく新鮮で良かったし。

三日目の昼にカーニバルを観て回っていたら、ワキヤさんが僕を見つけて呼んだ。

「ちょうど良かった。これからお昼なんですよ。一緒にどうです？　お礼にごちそうしますよ」

一緒に歩いていたリックもカイくんもどうぞって言うので、三人で顔を見合わせた。

「どうする？」

「いいんじゃないか？　それぐらいおごってもらっても罰当たんないって」

リックがそう言って、カイくんもうなずいていた。カーニバルに店を出している〈ワールドレストラン〉というところにワキヤさんが連れていってくれて、めずらしい世界の国の料理をどんどんワキヤさんは頼んでいた。料理が運ばれてくると、どんどん食べてくださいって笑う。

「ワキヤさんは、こうやってカーニバルで展示会をして歩いているんですか？」

カイくんが訊いた。

「そうですよ。もちろんカーニバルだけじゃなくて、普通の美術館や博物館なんかでもやります」

「じゃあ、世界中を回ってる？」

リックが訊くと、ワキヤさんは笑顔でうなずいた。

「もう自分の国がどこだったか忘れてしまうぐらいにね」

「家族は？　いないんですか？」

カーニバルにやって来るいろんな出し物や店の人たちは、たいてい家族で来ている人が多い。だから子供も多くて、このカーニバルの間だけの友達っていうのも、けっこういるんだ。そうやって仲良くなって文通とかをしている同級生もいる。でも、ワキヤさんは一人だった。一緒にやっている仲間の人はいるみたいだけど、みんな大人の男の人だ。

「こういう商売をしているとね、展示会をやっていないときでも、めずらしいものを探して世界中を回ってしまいます。結婚している暇がなかったですね」

ひょいと首をすくめて、ワキヤさんはまた笑った。

ロドウさんの事件

楽しいことはあっという間に過ぎてしまう。

一週間続くサマーカーニバルも、最後の日になるともう終わっちゃうのかっていつも思う。最終日はやっぱりいちばんたくさん人が集まってきて、〈サイレントウォール〉前の広場はいちだんとにぎやかになるんだ。

夕陽が海に沈み出すころ。家ではキサとトアがおはようとおやすみを交換するころになると、みんなが〈サイレントウォール〉の海側に集まってくる。海の上に浮かんだ船から花火が上がるからだ。これはカーニバルがやるんじゃなくて、町が行う行事。これも昔の名残で、復興を願ってくれたお礼と祭りの成功を祝した祝砲が、今では花火大会になった。

町のどこからでも観られるけれど、〈サイレントウォール〉の前で観ると音が反響してすごい迫力だから、みんながそこに集まる。禁止されてるのに毎年のように壁に昇る人もいて、後からお巡りさんに捕まって怒られる。

そして花火大会が終わると、ナイトパレード。

カーニバルの人たちは、パレード用の衣装を着て、それぞれの車や運搬用のトラックや楽団の人を乗せた大きなワゴンも一緒に港までパレードをする。来たときのパレードと違って、それぞれの車やトラックにはいろんな電飾やネオン管が光っていて、すごいきれいなんだ。きっと空から見たら光の帯みたいになっているはずだ。

港に着くと、楽団が最後の別れの曲を演奏して「また来年の夏に！」と挨拶して、カーニバルは全部終了。子供たちはそこでみんなそれぞれに家に帰るし、大人の人たちは飲みに行く人もいれば、片づけを手伝って、船が出ていくのを見送る人もいる。

僕と父さんとトアは、カイくんとリックとみんなで〈カンクジョー〉へ向かって歩いていた。みんなで手をつないで、トアをブランコしたりしていたんだけど、向こうからロドウさんが手に鞄を持ってものすごい勢いで走ってくるのが見えた。

「ロドウさんだよ」

「すっげえ走ってる」

なんだろう、どうしたんだろう。僕たちに気づくと、ロドウさんは立ち止って、真剣な顔をして、父さんに言った。

「やられた！」

「やられた？」

父さんはしかめっ面をした。トアはロドウさんの様子がおもしろかったらしくて、ケラケラ笑っていた。

「何のことだい？」

そのとき、遠くからパトカーの音がきこえてきた。駅の方だ。パトカーのサイレンの音なんか滅多に聞かないから、僕たちはびっくりしてそっちの方を見た。赤い光がぐるぐる回って、港の方に向かっている。

「すまねぇ、必ずケリをつけて帰ってくる！」

そう言い残してロドウさんは港の方にものすごい勢いで走っていった。

「先に家に帰っていなさい」

父さんは真剣な顔をして言うとロドウさんを追って走り出した。反射的に僕も身体が動いてしまったけど、すぐに父さんの足が止った。パトカーが一台こっちに向かって走ってきて、ロドウさんも引き返してきた。

「アーチくん！」

後ろから声がしたと思ったら、イヂイさんが自転車を急ブレーキで停めるところだった。パトカーが急停止して、中からお巡りさんが出てきた。見たことない顔。きっとカーニバルのときだけやってくる近くの大きな町のお巡りさんだ。

「ロドウ！」

車の中から駅長さんが降りてきて、叫んだ。海岸通りの脇にあるコンクリートの堤防のところ、ロドウさんはパトカーのライトに照らされて、真剣な表情で立っている。

「聞きたいことがある！　そこにいるんだ！」

お巡りさんが、ロドウさんの方に走っていった。僕も父さんもリックもカイくんも、いったい何が起こっているのかわからなくて、ただその場に立っていたんだ。

ロドウさんは辺りを見回して、それから父さんの方を向いた。

「フウガさん！　信じてくれ！　必ず、必ずケリをつけて戻ってくる！」

そう言うとロドウさんは堤防の上に飛びのると、みんながあっという間もなく、鞄を捨ててそこから海に飛びこんだ。

「ロドウさん！」

昼間なら危ない場所じゃない。でも、岩場のところだ。間違って岩のところに飛び込んだら大怪我する。みんなが堤防の上によじのぼった。お巡りさんが、イヂイさんも懐中電灯で照らしたけど岩場のところにロドウさんの姿はなかった。

「あそこだ！」

誰かが叫んで懐中電灯の光が動いた。ロドウさんが港の方に向かって泳いでいるのが見えた。

「すぐに追え！　港を手配だ！」

パトカーに乗ってきたお巡りさんがそう叫んで、港に向かっていった。駅長さんとイヂイさんは、僕や父さんたちを見てちょっと迷っていたけど「後で説明します！」って叫んで走っていった。

僕たちは、暗い海を眺めていた。ロドウさんが泳いでいった先を。


「持ち逃げされちまったのさ」

家に帰ったらマイカさんがすごいくやしそうな悲しそうな顔をして説明してくれた。

「カーニバルの終わる少し前に、アーチの作品がちゃんと梱包されて運ばれてきた。持ってきた人達はすまないけど他にも片づけがあるから、梱包を解くのはお願いできるかって言うじゃないか。カーニバルが後片づけにバタバタしてるのはわかってるし、パレードや出港に間に合わないとまずいし、いいわよって、言ったのさ」

マイカさんは顔をしかめながら話す。

「でも、ロドウが戻ってきてね。二人で梱包を解いたら、中身はただのゴミ」

本当にそうだった。僕の工房にあるのは、おんなじような形をしたただの木枠だったり、紙くずを丸めたものだったり。

「ロドウの奴、顔を真っ青にして全部調べて、全部がゴミだとわかったら真っ赤な顔をして出ていった。〈事情を説明しといてくれ、俺は取り戻しに行く〉って叫んでね」

それで、僕たちとバッタリ会ったんだ。

「あのワキヤって男を追いかけて行ったんだな」

父さんが言うとマイカさんもうなずいた。

「そうだろうね。私としたことがしてやられたわ。ごめんなさい」

謝るマイカさんに、父さんは何も悪くないって話していた。ミズヤさんもいたんだけど、自分の部屋にいたのでまったく気づかなかったって唇をかんでいた。

僕の作品があのワキヤさんって人に持っていかれたのはわかったけど、それをどこかに売るつもりなんだろうけど、ちょっとピンと来なかった。

「ワキヤさんって、詐欺師だったのかな」

「そうだな。ロドウくんがだまされたぐらいだから大したものだ」

信じられなかった。あんなに僕の展示会をできるって喜んでいたのに。優しくしてくれたのに。

「僕の作品って、そんなに高く売れるの？」

詐欺師の人が狙うほどなんだろうかって思っていた。父さんは、ちょっとしかめっ面をしてうなずいた。

「あまり言わないでおこうとは思っていたんだけどな」

「どれぐらい？」

「持っていかれたものはほとんど昔の、まだまだの作品だからな。それでも全部欲しい人に売りさばいたのなら、たぶん、贅沢しなきゃ十年は暮らせるかな」

そんなに。

次の日から、町は大騒ぎになった。カーニバルの騒ぎが終わったと思ったのに、違う騒ぎで。

僕の作品だけじゃなかったんだ。

一緒に展示していた町の美術品も全部持っていかれた。あのとき、駅長さんがパトカーに乗ってきたのはそのせいだったんだ。それだけじゃなくて、〈山ノ手〉に住むお金持ちの人の家にあったいろんな高価なものが持っていかれていた。パレードのときには、町中のほとんどの家は留守になる。

事件はすべてロドウさんの手引きだって噂が町中を駆け巡った。イヂイさんがやってきて、全部話してくれたんだ。

「こう言っては何ですが、アーチくんの作品も盗まれて幸運でした」

イヂイさんがそう言うと、父さんは少し首をかしげて言った。

「つまり、私も共犯だと、疑われたかもしれないと？」

「そういうことですね。申し訳ないですけど」

すまなそうに言うイヂイさんに、父さんは軽く手を振った。謝らなくてもいいって。

「もちろん僕はそんなこと考えてませんよ」

イヂイさんは真剣な顔で言った。この町にお巡りさんはイヂイさんともう一人、ベインさんしかいない。駅の横に交番があるだけで、何かあると近くの町から応援のお巡りさんがたくさん来るんだ。

「それから、ロドウさんのことも信じています」

「私もだよ」

その日は一日中、他にもいろんな人がやってきて父さんと話していた。ロドウさんの部屋もいろいろ調べられた。さすがのキサもなんだか怖がっていて、父さんはアカリママとユーミさんに来てもらっていた。

カイくんやリックもあわてて家に来て、僕の部屋で話をしていた。工房にはお巡りさんが来て荷物を調べていて、二、三日は中に入れないようになってしまった。

「ロドウさん、まずいね」

カイくんが言った。

「やべぇよな」

リックも真剣な顔でうなずく。

「でも、ロドウさんはワキヤって詐欺師を追いかけていったんだよ？」

イヂイさんの話では、港の人が、ワキヤって人がカーニバルの船ではなくて一つ前に出港していった船に乗ったことを覚えていた。たくさんの荷物も一緒だったそうだ。もちろんその船の行き先はわかっているけど、そこで待ちうけた警察に捕まるようなことはないだろうって言ってた。ああいう連中は船旅の途中で仲間の船に乗り移るはずだって。

「ロドウさんが最初からぐるだったって言ってる人がいるんだよ。自分も騙されたふりをして一緒に逃げたんだって。もう二度とこの町には帰ってこないだろうさって」

リックが唇を変な形に曲げて、うなった。

「そっかなー、オレ、ロドウさん好きなんだけどなー」

「僕だって好きだけどさ、でも今回はそう思われても仕方ないよね」

カイくんは口をとがらすけど、でもきっとカイくんだって信じてるはずだ。ロドウさんは僕たちを裏切ったりしないって。

カイくんがいつも読んでいる難しい分厚い本の半分ぐらいは、ロドウさんが世界中から持ってきてくれたものなんだ。

「頭の良い奴にはどんどん勉強してもらって、世の中を良くしてもらわなきゃな」

そう言って、お金なんかいつでもいいって言ってたんだ。

「死んじゃったり、してないよね」

カイくんは言いにくそうに言う。

あの夜、結局ロドウさんは捕まらなかった。どこに行ったのかもわからなかったし、イヤな話だけど海岸に打ち上げられた死体はなかった。今も警察は近くの浜辺全部に手配をしているそうだ。

「フウガさんは何て言ってんだよ」

「ただ、ロドウさんを待とうって」

他に何も言わなかった。そうなってしまったことはしょうがない。父さんたち大人の責任だって僕に謝った。それから、ロドウさんの帰りを待とうって言ったんだ。もちろん部屋はそのままにして。ちゃんとシュウレンさんに毎日掃除してもらって、待とうって。

「ロドウくんは、そんなことができる人間じゃない。それは、五年間もひとつ屋根の下に住んだ父さんがいちばんよくわかってる」

それでも父さんはできる限りのことはしなきゃならないと言って、世界中の有名な美術館やギャラリーあてに手紙を書いた。僕の作品が盗まれたから、もしそれを持ち込む人間がいたら警察に通報してほしいって。そしてすぐに連絡を寄越してくださいと。それから、もしその件でロドウという人物がそこに現われたら、待っているから、と伝えてくださいとも書いた。

「死んでねえって、あの人は」

リックが言う。

「そうだね」

「犯人でもねぇよ。きっとあのワキヤって奴を捕まえて戻ってくるって」

早く、帰ってきてほしいと思う。作品はまた作ればいいけど、ロドウさんは一人しかいないから。

キサの写真

日曜日の夜、お店が終わったアカリママとユーミさんがトアと遊びに来ていた。二人はもちろんキサとも友だちだけど、やっぱりトアと一緒にいてくれることが多い。でも、キサとトアはまったく同じ顔をしているから、きっと入れ替わってもわかんないかもねぇって二人は笑うんだ。

「アーチはわかるの？　どっちがどっちか」

二人が一緒に起きているのを見たことがある人はいない。でも、おもしろがって、キサが眠っている横にトアがもぐりこんで目をつぶって寝てる振りをして、どっちがどっちかを当てっこしたこともあるんだ。

誰もわからなかった。それぐらい二人はおんなじ顔をしてる。

「わかるけど、どうしてわかるのか、わかんない」

僕はすぐにわかる。でも、どこが違うかは説明できない。

「なんとなくって言うしかないけど」

「やっぱり兄妹よねぇ」

アカリママとユーミさんが同時に感心したように言う。でも、そういう二人だってまるで双子みたいにいっつも一緒なんだ。顔は全然似てないけど、仕草や言うことがそっくりだ。

「ねぇ、アーチ」

アカリママとユーミさんとマイカさんとトアが、離れのキサとトアの部屋でボードゲームをやっていた。僕は工房にいて、作るものについて考えていたんだけど、ユーミさんがやってきて、ちょっといい？　と訊いた。

「この写真」

一枚の写真を手に持っていた。

「さっき、キサトアポケットから抜いたんだけど」

キサとトアの遊び場の壁、僕らが〈キサトアポケット〉と呼ぶ壁一面に貼り付けた透明な写真ポケット。三ヵ月分のカレンダーの日付ごとにポケットになっていて、そこにキサとトアが撮った写真がたくさん入っている。

キサにできて、トアにできないことがある。

たとえば、海水浴、プール遊び、サイクリング、遠足、写生大会、運動会、ハイキング、トンボ取り、学校の友だちとのいろんな遊び、いろんな学校の行事。昼の遊び。

そしてもちろん、トアにできて、キサにできないこともある。

たとえば、天体観測、キャンプファイアー、花火、野外映画、カーニバルの夜店、きもだめし。夜の遊び。

そういうものを、楽しくて楽しくてしょうがないものを伝えたいのにお互いに話したいけど、話せない。だから二人は四歳のときからカメラを持っている。

父さんが考えたんだ。写真を自分で撮ってそれぞれに見せあえばいいって。二人はどこに行くのにもカメラを持っていって、写真を撮る。撮った写真は父さんが毎日現像して〈キサトアポケット〉のその日のポケットにいれる。字が書けるようになってからは、そのときのことを手紙にも書く。

二人が起きて最初にすることは、ポケットを見ること。お互いに写真を見て、手紙を読んで、笑ったり返事を書いたりするんだ。

最初のころはあんまり上手に撮れなかったりしたけど、最近は本当に上手になってきた。大人の人が感心するぐらいの写真を撮っている。

ユーミさんが持ってきたのは昼間の写真だから、キサが昨日撮ったやつ。どこだろう。どっかの森の中。何を撮ったのかもよくわからないけど、森の中に差し込む太陽の光がとてもきれいだった。葉っぱや木の幹がキラキラ光っているし、影もくっきりしていて気持ちがいい。きっとキサもそう思って撮ったのかもしれない。

「さっき、アカリママと一緒に観ていたんだけど、これだけ、気づかれないように抜き取ったのよね」

「どうして？」

「そこに男の人が写っているでしょ？」

ユーミさんが指さした右側のはじっこのところ、木の陰に人影があった。

「本当だ」

気づかなかった。まるで保護色みたいに、森の緑や木の茶色とおんなじような服を着ているからわからなかったんだ。確かに大人の男の人っぽい。大きな木の幹にもたれるようにして、腕を組んで空を見上げている感じだ。その横顔が少しだけ見えている。こんなところで何をしているんだろう。

「それ、どこで撮ったのかわかる？」

ユーミさんの顔が真剣だ。何があったんだろう。

「キサに訊いてみないとわかんないけど、どうかしたの？」

うーんとうなりながらおでこに手を当てて、ユーミさんは考え込んだ。

「どう見てもね」

「うん」

「その男の人、アカリママのだんなさんに見えるのよね」

えっ？

アカリママのだんなさん、という人のことはもちろん僕は知らない。写真も見たことがない。そう言うとユーミさんは明日の昼間にお店に来てちょうだい、というので行ってみることにした。

写真に写っている男の人っぽいものは、確かに人間に見える。どこかが透き通っているとか羽があるとか足がないとかいうふうには見えない。行く前に一応キサに確かめてみることにした。

「ねぇキサ」

「なに？」

「この写真はどこで撮ったの？」

「これはねぇ、ダイダイの池のちかくだよ」

「ダイダイの池？」

どこだろうそれは。そんな池は知らない。キサが行けるぐらいだからそんな遠くじゃないと思うけど。

「どこにあるの？」

訊いたらキサはきょとんとした顔をして、あっちの方角を指さして笑った。

「あそこにあるでしょ。ダイダイのお花のきれいな池」

どうやら〈ナナシ沼〉のことだった。そういえばあそこには橙色のきれいな花がたくさん咲いていたっけ。

〈ナナシ沼〉は家の裏手の山に入っていって、十分ぐらいけもの道を歩いたところにある小さな沼だ。山ノ手通りからの山の散策コースにもなっていて、そこからも歩いてこられる。そんなにきつくない山道だし、安全な場所だから休みの日なんかはおじいさんやおばあさんも歩いたりしている。

写真を持って〈ハーバーライツ〉に向かって歩いていたら、向こうからリックとカイくんが自転車に乗って走ってきた。

「どっか行くのか？」

僕のところに来るところだったらしい。言わない方がいいかな、とも思ったけどかくしてもきっとバレる。リックは勘が鋭いし、アミに言わせると僕は嘘をつくと顔に出るそうだ。

写真を見せてこれから〈ハーバーライツ〉に行くところだって言うと、やっぱり二人とも興味津々で一緒に行くと言いだした。

「カイくんは見たことある？　アカリママのだんなさん」

「あるかもしれないけど、覚えてないよ。死んだのは八年も前だから」

でも、ってリックが言った。

「うちの父ちゃんが言ってたぜ。すごいいい奴だったんだって。みんなから好かれていたって」

そうなんだ。そういういい人が死んじゃって、きっとみんな悲しかっただろうなって考えた。もちろんアカリママがいちばん悲しかったんだろうけど。母さんが死んでしまったとき、僕は泣いてしまったけれど、それと同じぐらい悲しいんだろうか。比べられるものじゃないと思うけど。

〈ハーバーライツ〉のドアには〈CLOSED〉の看板がぶら下がっていたけど、ドアを押すとカランとベルが鳴って開いた。カウンターの中でユーミさんが「あら」とか言いながら笑った。

「やっぱりあんたたちも来たのね」

「すいませーん」

リックが頭をかきながら笑って、カイくんがぺこんとおじぎをした。カウンターの奥のはじっこの方には背の高い椅子もあって、そこに座んなさいって言う。アカリママはどうしたのかと思って訊いたら、今日は夕方まで隣町に行ってるから大丈夫だって。

「あとの二人は?」

「二人?」

「アミちゃんとメグちゃんよ」

いつもセットの五人。そう言うから、三人で顔を見合わせた。

「アミ、最近外で会えないんだよ」

カイくんが言った。

「どうして?」

カイくんが言いにくそうにして僕を見た。

「そういえば〈カンクジョー〉にも最近来ないわよね」

何て言おうか迷っていると、ユーミさんは、ははーんとか言って、電話を取った。

「あの件ね。しょうがねぇなぁくそ親父ども。大人の事情に子供を巻きこみやがって」

どこに電話するのかと思ったら、アミのところだった。

「私が呼びだすんだから問題ないでしょ。五人来ると思って特製ブルーベリーヨーグルトジュース五人分用意してあるんだもの」

無駄になっちゃう、と言って笑った。

ユーミさんが何歳なのかはわからないけど、とても美人だっていうのはわかる。そしてユーミさん目当てで〈ハーバーライツ〉に来る男の人もうじゃうじゃいるってカイくんが言っていた。その話をしているときに、リックが「オレの父ちゃんもそうだぜ」って話しだしてびっくりしたことがある。

「だって結婚してるじゃない」

「そうだけどさ。でもこの店に来ると必ずユーミさんをくどいてるって聞いたぜ」

一度なんか、リックのお母さんがこの店に怒鳴りこんだこともあったそうだ。全然知らなかった。

「でも結局母ちゃんもユーミさんと仲良くなっちまったけどな」

気っ風がいいって言うんだ、とカイくんが言っていた。

「ユーミさんはキレイだけど男っぽいしね。どんなに男に言い寄られても、バシン！ってはねつけるって話だよ。なんでも遠い町に恋人がいるとかいないとか。その人の帰りをずっと待ってるって話もあるし」

カイくんはいったいどこからそういう話を仕入れてくるんだろうといつも思う。

ユーミさんが電話を切って、すぐにアミとメグが店に入ってきて、僕たちもいるのを見るとびっくりしてた。

「いいのよ。入りなさい。遠慮しないで」

「でも」

アミは、僕の顔を見てすごく複雑そうな顔をしていた。アミと僕をかわりばんこに見て、ユーミさんはちょっと溜息をついた。

「アミちゃん」

「はい」

入口のところで立ち止まっているアミとメグのところまで、ユーミさんは歩いていった。それからアミの頭にポンと手をのせた。

「私に呼ばれて、偶然この店で会ったんだから、誰にも文句言われる筋合いじゃないわよ。バレて父さんが怒ったら私に呼ばれたんだって言いなさい」

「はい」

アミは少しだけうれしそうに笑った。

「それからね。これはメグちゃんも聞いておきなさい」

「はい」

「人がね、そうしたいって思う気持ちは、誰にも自分でも止められないの。もちろんアミちゃんのお父さん思いの優しい気持ちもわかるけど、どこかでケリをつけなきゃ、心が死んでしまうのよ」

心が、死ぬ？　ユーミさんは僕らの方もぐるりと見渡した。

「あんたたちも、基本的にいい子だから大人の言うことをちゃんと聞くんだろうし、そしてそれはよいことだけど、自分の本当の気持ちを閉じこめておくのだけはダメよ。自分が本当はどうしたいのかを、ちゃんと言うの。本当の大人っていうのはね、そういう子供の気持ちをちゃんとくみ取ってくれるものなの。そういう人間を大人って言うの」

わかった？　ってユーミさんは笑って腰に手を当てて僕らを見わたした。

「はい」

「まぁでも」

ユーミさんはアミとメグの背中を押して、僕たちのところまで連れてきた。

「大人にもいろいろあって、時間が掛かるときもある」

もう少し我慢しなさい。我慢を覚えるってのも大事よ。そう言って、僕とアミの頭を撫でた。

カウンターに古い写真が並べられて、それは全部アカリママのだんなさんの写真で、名前はケンだって教えられた。

「ほんとだーそっくり」

キサが撮った写真と見比べてメグが声を出した。他のみんなもうなずいている。僕もそう思った。漁師の頃の写真や、この店のカウンターの中で笑っている写真、アカリママと二人で並んでいる写真。アカリママが今よりずっと若くて可愛かった。

「ってことはさ、これって幽霊ってことかよ？」

リックがキサの撮った写真を指さして言う。

「そうねー。そこが知りたいのよね」

幽霊なんて言うとすごく怖そうだけど、キサの写真に写っているケンさんはそんな感じはしない。森の中で、一人で、なんていうか微笑んでいるようにも見えるし、淋しそうにしているようにも見える。

「なんで気にするかって言うとね」

「うん」

「アカリママ、再婚するかもしれないの」

ホント？　ってアミとメグが少しうれしそうに言った。ユーミさんはニコッと笑ってうなずいた。

「アカリママも、ケンさんと死に別れてもう八年。いいかげんいいころだと思うのよね」

ケンさんも許してくれると思うんだけど、でも。

「この写真でしょ？　今までこんなこと一度もなかったのに」

みんなでうなりながらもう一度写真を見た。

「幽霊なのかなぁ」

メグが言う。

「でも幽霊って夜に出るんじゃない？」

アミが言うとカイくんもうなずいた。

「フツーはそうだよね。それに、自分に関係あるところに出るんじゃないかな。ここって、アカリママやケンさんには関係ない場所だよね？」

ユーミさんもうなずいていた。

「まるで関係ないと思うけどね。まぁ行ったことぐらいはあるだろうけど」

思い出の場所だとかそういう話は聞いてないって言う。

「キサにもう一度訊いてみよう」

そう言うと、みんなが僕を見た。

「この写真を撮ったときに、ここに誰かいなかったかどうか。それから、夜にもう一度行ってみてトアにも写真を撮ってもらおう」

「トアちゃんに？」

トアに。あんまりみんなには見せていないんだけど、トアが撮って変なものが写っている写真はたくさんある。

「十枚撮ったら三枚ぐらいは必ず変なものが写ってる。よくわからないのはポケットに入れておくけど」

いかにもそれっぽいのは、父さんが焼いて捨ててしまう。ちゃんとお祈りしてるから大丈夫だよって言ってる。

「そうか」

アミが言った。

「それでトアちゃんの写真の方がいつも少ないんだ」

本当に幽霊とかそういうのがいるのかどうかはわからないけど、僕たちがそこに見えないものを、トアが撮ってしまうのは間違いない。だから。

「もしこれがケンさんの幽霊なら、トアちゃんが撮れるかもしれないわね」

ユーミさんが言って、みんながうなずいた。アカリママはいつもキサやトアを可愛がってくれる。自分の娘みたいだっていつも言うんだ。キサもトアもアカリママのことが大好きだ。

だから、アカリママが再婚して幸せになれるんなら、その方がいいと思う。それでもしこの変な写真が問題になるんだったら、解決できるんならしてあげなきゃと思う。

トアの写真

リックとカイくんと僕で〈カンクジョー〉に帰った。アミとメグはやっぱり一緒に行けないからって帰っていった。そのかわりに、今晩ユーミさんがなんとか都合をつけて、夜中に二人を呼びだしてあげると言った。

「夏休みなんだから、どうとでもなるわよ」

ユーミさんは町の人みんなと仲が良いし、気が強いから、そうだろうと思う。アカリママはちょっと優しすぎるから二人で一緒にいるとちょうどいい感じがするんだ。

家に帰ってキサに写真を見せて、ここに人が写っているよねっていうと、きょとんとした顔をして笑った。

「あれっ、ほんとだー」

「ここにこの人がいた？」

「いないよ。キサとミッちゃんとエリィちゃんとエリィちゃんのママだけ」

「エリィちゃんのママがいたんだ」

一応確認しようかとも思ったけど、エリィちゃんのママはとてもおしゃべりな人だ。もしそんな変なものを見たんだったらゼッタイ誰かに言ってると思う。でも、そんな話は聞いてないから、言わない方がいいかも。

「ヘンだねー、おばけのしゃしんかな」

キサもそういうものは全然怖がらない。トアが撮った変なものの写真を見てもケラケラ笑っている。

「そうかもしれないね。でもキサ」

「なぁに」

「この写真のことは、ちょっと誰にも言わないでね」

「どうしてー」

「お兄ちゃん、ちょっと実験したいんだ」

くいっくいっと頭を左右にふって、キサは不思議そうな顔をする。

「じっけん？」

「そう。実験」

なんだかわからないけどそれでキサは納得して、わかったー！　と大きな声でさけんで、もう飽きたのか走って行ってしまった。ミズヤさんにも聞いてみようかなと少し思ったんだ。幽霊とか大好きでよく見るって言ってたから。でも、それは最後の手段にしようと決めた。ユーミさんが父さんに言わないで最初に僕に言ったのも、あまり大人の人に言わない方がいいと思ったんだろうし。

よく子供はおしゃべりだって言われるけど、そんなことはないと思う。大人の人の方が噂話ばかりする。僕らは、仲間でこれはゼッタイ言わないでおこうと決めたら誰にも言わない。

夜になって、ユーミさんとアミとメグがやってきた。今日はユーミさんの家にお泊まりして、明日は一日中クッキーを作る、ということにしたそうだ。トアは、久しぶりにアミもメグも来て、すごい喜んでいた。後でみんなで森に写真を撮りに行こうって話したらはり切ってフィルムとカメラを用意していた。

どうやってみんなで〈ナナシ沼〉に行こうか考えていたんだ。父さんもいるしミズヤさんもいるし、もちろんマイカさんもいる。

結局、夏休みの自由研究で虫の研究観察を選んだカイくんのために、夜の森の中に昆虫採集をしに行くということにした。自由研究はできるだけ子供だけでしなきゃならないって言われているから、大人たちがついてくることはない。でも、安全のためにユーミさんがついていく。

「いいんですか？　私が行きますよ？」

父さんがそうユーミさんに言ったけど、ユーミさんはにこっと笑って首を振った。

「実は私、女だてらに昆虫博士と言われてたぐらい、虫好きなんです」

本当にそうなのかなって後で訊いたら、「うそ」と笑った。

夜の森の中に入っていくのは、今までに何度もあるけどやっぱり怖いってアミやメグが言う。リックやカイくんは平気だって言うけど、カイくんはおばけとかより虫が怖いって言う。

「カブトムシとかクワガタならいいけどね。ヤスデとかムカデとか嫌じゃない？」

そう言うと、アミもメグもユーミさんも真剣な顔でうなずいていた。

夜の森の中は真っ暗で何も見えない。みんなはそう言うんだけど、僕はそうでもない。色がわからないぶんだけ、すごく微妙な影も全部わかる。だから、僕の目に見えている夜の景色とみんなが見ている夜の景色はきっと違うと思うんだ。みんなが真っ暗で何もわからないっていうところも、僕は影の色の変化が見えていておもしろい。真っ暗な中で微妙に動く黒い虫だって、はっきりとわかる。

夜は、みんなが思っているほど真っ暗じゃないんだ。月の光に照らされて、ちゃんといろんな色の影がそこにあるんだと思う。

リックを先頭にして、けもの道を歩いていった。けもの道って言っても、けっこう広い道。トアはアミとメグと手をつないでぶらんこしたり、ぴょんぴょん飛び跳ねたりしてごきげんだ。そのうちに、キサトアの歌を唄いだした。

ちゃくちゃく
ちゃくちゃく
かぜのほころび　みずのつなぎめ
ちゃくちゃく
ちゃくちゃく
ながれるだいち　さえずるみどり
ちゃくちゃく

ちゃくちゃく
ほしのとまりを　むねにうけよう
ほしのめざめを　いしにきざもう

ユーミさんは僕と並んでいちばん後ろを歩いていてその歌を聞いていたんだけど、不思議な歌よねぇと言う。

「訊こうと思ってたけど、なんの歌なの？」

キサとトアは、二人でベッドに並んで眠るのと起きるのを交換するときに、ときどきこの歌を二人で歌う。誰かが教えたわけでもなんでもなくて父さんも不思議がってる。

「〈ちゃくちゃく〉っていうところ以外は、父さんたち〈エキスパート〉に昔から伝わる詩だって言ってた」

「詩？」

「誰が作ったのかもわからないけど、めぐりめぐって伝わってるとか」

〈風の綻び、水の繋ぎ目、
流れる大地、囀《さえず》る緑。

星の留りを胸に受けよう。

星の目覚めを意志に刻もう〉

「あぁ、なるほどね」

ユーミさんは感心したようにうなずいた。

「そういうふうに言われると〈エキスパート〉っぽいわね。なんとなく」

「それを聞いたキサとトアが、なんだか急に二人で歌いだしたんです。三歳ぐらいのときだったかな？」

ちゃくちゃくちゃくちゃくちゃくって勝手に節をつけて、「キサトアのうたー」って楽しそうに二人で歌いだしたんだ。だから作曲はたぶんキサとトア。この間、ミズヤさんもこの歌をきいて感動してた。ちゃんと覚えて〈エキスパート〉仲間に教えるって言ってたんだけど、リクエストしてもなかなかキサとトアはこの歌を歌ってくれない。今日みたいにトアが一人で歌いだすのもめずらしい。

「物悲しいっていうか、ほの温かいっていうか、不思議なメロディよね」

ミズヤさんはバグパイプが似合いそうだなって言っていた。

〈ナナシ沼〉に着いて、キサがどのあたりを写真に撮ったのかみんなで懐中電灯を照らして探した。夜と昼じゃ景色が全然変わってみえるからちょっと苦労したけど、ケンさんがもたれかかっていた大きな木を見つけて、ここだとわかった。沼からちょっと森の奥に入ったところだった。

「トア、あの辺に向かって撮ってくれる？」

「うん」

角度を変えたり、場所を少し移動したりして、五枚ぐらい撮った。

「トア、この辺にも、なんか変なものがいる？」

白い長袖のシャツにジーンズを穿いたトアはいっーぽ、にーほ、さーんぽ、と歌うように言いながらぐるぐるっと歩いている。僕が訊くとみんながトアに注目した。トアは、こくんとうなずいた。

「いるよ」

「どんなの？」

ユーミさんが訊いた。トアは、うーん、って言いながら腕を組んでしかめっつらをした。

「よくわかんない。おっきなむしみたいなのや、まっしろなひとや」

ひとぉ？　とか言いながらリックがイヤそうな顔をした。

「ね、その中に、こんな男の人はいない？」

ユーミさんはケンさんの写真を取りだして、懐中電灯で照らしてトアに見せた。トアはその写真を見て、それからふいっと顔を上げて、森の中を指さした。

「いるよ、あそこに」

キサの写真に写った場所と同じところだった。アミとメグが口を押さえて、それからお互いに手を握りあって悲鳴を上げないように必死にこらえてた。カイくんが逃げ出そうとしたのをリックが押さえていた。

僕はなんだか恐くもなんともなくて、トアが指さした方を見ていたんだ。何かが見えるかなと思ったけど、僕には何も見えなかった。

「トア、その人は何をしてるのか、わかる?」

「わかんない」

「しゃべったりできる?」

トアはあんまり興味なさそうにしてる。

ユーミさんが、トアの隣にしゃがみこんだ。

「できない、とおもう」

「ね、トアちゃん、その人、どんな感じかなぁ。怒ってるとか、泣いてるとか」

優しく訊くと、トアはかくん、と首をかたむけて、ついでに身体もかたむけてうーんとうなった。

「かなしそう」

「悲しそう？」

トアは大きくうなずいた。

「ないてないけど、かなしそうなかおしてる」

ミズヤさんの調査

トアが撮った森の中の写真にはなんだかいろんなものが写っていて、そしてケンさんもはっきりと写っていた。キサの写真ではちょっとわかりづらかったんだけど、今度はしっかりと写っていたんだ。

「確かに、少し悲しそうね」

僕の家に戻って、すぐに現像して工房でみんなで写真を見ていた。トアは帰ってきたらもう写真に写ったものなんかどうでもよくなって、ウサギのチャビンとランジェットと遊んでいた。

「泣きそうにも見えるよね」

全部の写真にケンさんは写っていて、どれもこれも悲しそうだったり淋しそうだったり泣きそうだったり。こんな顔をしているんだ。

「こんなふうに写っちゃうと幽霊に見えねぇよな」

リックが言って、みんながうなずいた。それぐらいはっきり写っている。

「どうしてなのかなぁ」

ユーミさんが頭を抱えてテーブルにつっぷした。

「ケンさん、何か言いたいのかなぁ」

みんなも何も言えなくて、唸って黙り込んでしまった。

「あのね」

みんながいっせいに顔を上げた。

「ミズヤさんに相談してみようと思うんだ」

「ミズヤさんに？」

「どうして？」

〈水のエキスパート〉は、幽霊とかそういう目に見えないようなものと関わることが多いって聞いたことを教えてあげた。

「ミズヤさんは、着いたその日に〈ナナシ沼〉のところには幽霊が出るんじゃないかって言ってたんだよ。そういうのがわかるんだって」

「本当か」

リックが言うのでうなずいた。カッコいーってリックはつぶやいた。

「きっと何かいい知恵を持っているんじゃないかと思うんだけど」

ユーミさんを見ると、腕組みをして考えこんだ。もともとはユーミさんから出た話だから、ユーミさんのしたいようにすればいいと思うけど。

「ミズヤさんはよその人だしね。町の連中とは関わりないし、信用できる人みたいだから、いいか」

うん、ってうなずいて、ユーミさんは立ち上がった。

「ミズヤさん、どこ?」

ミズヤさんは自分の部屋で仕事をしていたみたいだけど、相談があるって言うと、すぐに僕の工房に来てくれた。そして、ユーミさんが説明すると、真面目な顔になって写真をじっと見ていた。口をおおうように手を当てて、ずーっと写真を見て考えていたんだ。

「この人が、そのアカリママのご主人のケンさんだというのは間違いないんだね？」

「そうね、あぁ忘れてたわ。持ってきたの」

ユーミさんがバッグの中からケンさんの生きているときの写真を出した。ミズヤさんはそれを見比べてうなずいた。

「同じ人だね。どう見ても」

ユーミさんと顔を見あわせた。

「やっぱり、幽霊なのかしら？　専門家の意見はどう？」

ミズヤさんは少し笑った。

「幽霊の専門家ではないけどね。こういう写真や場面には何度も遭遇してきた。だから、これが、そのケンさんの幽霊だと言われても僕はうなずくね」

ただ、幽霊というものが本当に存在するかどうかは、別の問題だって言う。

「僕ら〈エキスパート〉はこの世界にあるものだけを相手にする。すべてが関連するその輪の上で仕事をしている。少なくともその輪の中に幽霊は存在しないんだ。でも」

「でも？」

「僕たちは〈ギフト〉って呼んでいるんだけど」

「ギフト？」

みんなが首をかしげた。

「すべての連鎖の中に存在しないはずのものが、何かを与えてくれることがある。影響しあうことがある。そういうものも考慮に入れて仕事をすることもあるんだ」

ミズヤさんがぐるりとみんなを見回した。

「じゃあ」

メグだ。

「幽霊、というものがなんか関わるかもしれないから、注意しようとか、そういうふうにですか？」

「そうだね。幽霊と呼ばれるものだけじゃなくて、怪物とか、精霊とか、あるいは神様とか。本当にいるのかどうかわからないけど、昔から語り継がれて、人の心の中に確かにあるもの」

それは、ときに大きな力を発することがあるんだ。そう言ってミズヤさんはユーミさんを見た。

「このケンさんは〈夏向嵐〉のときに海で亡くなったんですね？」

「そうよ」

「それまでは、事故で怪我するまでは腕のいい漁師だった」

「そう」

「みんなに好かれていたし、ケンさんも町の人が大好きだった」

「うん」

「もちろん、漁師達の長であるドウバさんとも仲が良かった」

「そうよ？」

ミズヤさんは、ちょっと首を捻ってから続けた。

「アカリママを愛していた」

「もちろんよ」

「アカリママに再婚話が持ち上がったのはいつ？」

ユーミさんがえーっと言いながら天井を見上げた。

「去年の秋ぐらいかしらね」

けっこう前なんだ。なのにまだ結婚しないんだろうか。そう思ったらミズヤさんも言った。

「まだ決まらないんですか？」

ユーミさんが顔をしかめた。

「いろいろあるのよ」

ちょっと、ってミズヤさんが立ち上がって、ユーミさんを部屋から連れだした。僕らは顔を見合わせたけど、聞かれたくない話をするんだってことぐらいはわかる。すぐに帰ってきたけど、ユーミさんだけだった。

「どうしたの？」

アミが訊くと、ユーミさんは難しい顔をして、頭を二度三度振った。

「やっぱり〈エキスパート〉はすごいわ」

すごいとは思うけど、どうしてだろう。

「どうしてそう思うの？」

またアミが訊くと、ユーミさんはにこっと笑った。

「まだちょっと言えないけどね、なんでも見ぬいちゃうのね彼らは」

何を見ぬいたんだろう。

「あぁでも、アミちゃんもメグちゃんも恋人にはしない方がいいわよ。〈エキスパート〉は」

「どうして？」

ユーミさんは渋い顔をした。

「あの調子でなんでも見ぬかれた日には気の休まる暇がないわよ。男と女の間にはね、少しぐらい秘密があった方がいいの」

そういうものなんだろうか。


次の日の昼。一緒に行こうと言われて、僕はミズヤさんと海岸にいた。キサも一緒だ。キサはミズヤさんに甘えておんぶされてごきげんだった。

〈泣き双子岩〉が正面に見える海岸のところには、もうリックもカイくんもアミもメグも、それからユーミさんもいた。ミズヤさんはしゃがみこんでキサを下ろすと、そのままキサと向かいあった。

「キサちゃん」

「なに？」

「ダイダイの池はどっちの方にあるかわかるかな？」

キサは、ん？　っていう顔をして、すぐに山の方を向いて右手で指さした。

「あっちだよ」

「じゃあ、〈泣き双子岩〉はどっち？　反対の手で指さしてみて」

キサはきょろきょろと頭を横にふって、今度は左手で〈泣き双子岩〉を指さした。ちょうど、思いっきり両手を横に開く形になっている。キサは何をさせるんだ？　って顔をしてミズヤさんを見ている。

「もうちょっと我慢して、そのまま眼を閉じて、キサちゃんの足の下に何かいるかなーって考えてごらん」

えっ、と思った。それって、キサに水の流れを感じ取らせているんだろうか。キサは言われた通り眼を閉じて、少ししかめっ面をしながらじっとしてた。みんなは何も言わないでキサとミズヤさんをかわりばんこに見ている。

何秒かして、急にキサがにこっと笑いながら眼を開けた。

「いた！」

「なにがいたかな？」

「おっきくて、なんかながれるもの！」

キサは急に「だぁーっしゅ！」と言いながら海岸を走りだしてさっき来た道を戻って、そしてくるっと方向転換して戻ってきた。

「ずーっとつながってぐるぐるまわってる！」

それは、キサが流れを感じ取ったんだろうか。ミズヤさんを見ると大きくうなずいていた。

「そうなんだ」

「何が、そうなんだ、なの？」

ユーミさんが顔をしかめた。ミズヤさんは、水の留まるところには不思議な現象が起こることが多いって説明した。

「その留まるっていうのは、たとえば池とか沼のこと？」

メグが訊くと、ミズヤさんは少し首をふった。

「単純にそういうことでもないんだけど、そういう場合もある。ただ、今回の場合は、さっきキサちゃんが言ったように」

キサはもうあきたのか、砂浜をぐるぐる歩き回りながら何か貝殻でも真剣な顔をして探してる。少し僕らから離れていったので、メグが後から聞くね、とアミに言ってキサのそばに行ってくれた。

「多くの場合、水はこの世界を循環している。海から蒸発して、雲になって、雨が降って、河になって、海に流れこんで、というようにね」

それは、学校でも習った。

「地下に染み込んで地下水となった水も、海まで行ったり地表から少しずつ蒸発したりしている。でも、まれにその循環から外れてしまう流れもあるんだ。この町の問題点はそこにある」

「この町?」

カイくんが訊いた。

「〈開かずの道路〉もそう。その循環がうまく行ってないから、水が留まってあんなことになってしまう。そしてたぶん」

ミズヤさんが、ちょっと言葉を切った。

「ケンさんの幽霊は、その流れの留まっていることと、いろんなものの関連を僕に示唆してくれているんだと思うな」

カイくんが、首を傾げて考えこんだ。僕もアミもリックも、ユーミさんも顔をしかめた。それからゆっくり言った。

「えーとね、ミズヤさん」

「うん」

「頭の悪い私にもわかるように言ってくれるかな? なんかはぐらかされたような気がするんだけど」

「実はそうなんだ」

ミズヤさんは笑った。

「僕ら〈エキスパート〉は推理小説の中の探偵みたいに、すべてが解ける瞬間を待たないと、なかなかわかっていることを言えないんだよ。材料が全部出そろって、事件が終わるときにようやくさてみなさん、って始めるんだ」

「まどろっこしいのね」

「もう少し待ってほしい」

ミズヤさんは僕たちみんなの顔を見た。

「もう少し季節がめぐらないと、僕の調査は終わらない。きっとその調査が終わるときに、このケンさんの幽霊も、この町の問題点も、全てを解決できる方向に進めると思う」

「放っておいて大丈夫なの？　ケンさんの幽霊は」

心配そうなユーミさんに、ミズヤさんはうなずいた。

「ケンさんの伝えたいことは、キサちゃんとトアちゃんのおかげでこうして伝えるべき人間の僕に伝わったからね。問題ないと思うよ」

それから、あぁでも、とミズヤさんはアミの方を見た。

「アミちゃんには少し種をまいておいてもらおうかな」

「わたし？」

「ケンさんの幽霊のことを、お父さんにそれとなく伝えといてもらおう」

ロドウさんの消息

午後にカイくんが一人で家にやってきた。僕はマイカさんと一緒に庭にいて絵を描いていたんだけど、なんだか少しあわてていた。

「フウガさんは？　仕事？」

「そうだよ」

マイカさんは小首をかしげた。

「何かあったのかい？」

カイくんは、こくんとうなずいた。

「ロドウさんが、見つかったって」

見つかったって言っても、またすぐに逃げ出したそうで捕まってはいない。遠い外国の方の港で目撃されたって、警察から駅長さんの方に連絡が入ったんだそうだ。

「それは、ロドウに間違いないんだね？」

「間違いないって。警察が言ってたって」

「そう」

マイカさんが、少しほっとしたように微笑んだ。

「まぁ、生きていたんだね」

僕もほっとした。良かった。

「どんなことがあったって、とりあえず生きていればいいさ」

マイカさんの言葉にカイくんはうなずいていたけど、まだ何か言いたそうだった。なんかもじもじしている。

「あのね、マイカさん」

「なんだい？」

「なんか、変な噂があるんだけど」

「噂？」

カイくんが僕を見る。

「フウガさんが、ロドウさんと連絡を取りあっているから、ロドウは逃げ回れるんだって。だから警察がフウガさんをずっと見張っているとか」

今回の事件はロドウさんとワキヤさんが組んでやったと警察は考えている。大規模な詐欺と窃盗で、その金額も半端なものじゃない。それは主に僕の作品の価値が大きいからだそうで、そんなふうに言われるとなんだかくやしかった。僕のせいでロドウさんが大悪党になってしまったみたいで。

「でも、実はそれがカモフラージュで、最初から狙いは山ノ手のお屋敷だったんだろうとか。盗まれたことにしてアーチの作品の価値を上げようとしているだとか。だから、警察も相当しゃかりきになっているみたいなんだ。イヂイさんだって最近来ないだろ？」

そういえばそうだ。

「来られないんだよ。下手に仲良くしてると仲間じゃないかって疑われるし、捜査の一員になっているから」

マイカさんは静かにうなずいていた。

「なんかね、マズいんだよ」

「何が？」

「フウガさん、〈船場〉の組合からも訴えられそうになってるよね。ミズヤさんの調査が終わるまでは大丈夫だろうけど。それと、今回のこれで、町の人たちの中にもフウガさんのことを、なんか、悪く言う人が増えているんだ」

カイくんが言いにくそうにして、心配そうな顔をしている。

「なるほどね」

マイカさんは立ち上がった。立ち上がって、少し歩いて、町を見下ろした。丘になっているここからは町の姿が全部見える。

「海側の人間と町側の人間と、この町の二大勢力両方からフウガさんは責められるようになってしまうかもしれないというわけだね」

そう言って、しかめっ面をした。

「でも、カイ」

「はい」

「そんなことを言ってるのは、きっと上の方の一部の人間だけなんだろう？」

カイくんはうなずいた。

「そうなんだよ。山ノ手の金持ちの連中とかさ。組合とかの上の方の人ばっかり。僕の父さんだってリックの父さんだって、そんな話を聞いて馬鹿じゃないかって怒ってる」

マイカさんはそうじゃないかと思ったよ、と言う。

「まったくね。風車ができて風がなくなって〈夏向嵐〉が消えたときには神だ聖者だとあがめておいてね。本当に人間なんて勝手なものさね」

だからイヤなんだ。マイカさんははき捨てるように言って、溜息をついた。それからふり返って、僕たちを見て少し笑った。

「カイもアーチも、心配しない」

「でも」

マイカさんは手に持っていた筆をくるりと空に向かって回した。

「人の心なんてこの空みたいなもんさ。風向きでころころころころ変わってしまう」

マイカさんはにやっと笑って、その筆でカイくんの鼻の頭をちょいとつついた。うわっ！って叫んでカイくんは後ろに下がる。マイカさんは大笑いした。

「信じてなさい。どんなに空が曇ったって雨が降ったって、正しいことをしている人間の心は雲の上みたいに真っ青さ」

それに、とマイカさんは続けた。

「この町に住む人は、みんな心の底では本当にフウガさんには感謝してるんだ。大丈夫」

そう言って、空を見上げた。

「風は、いつか雲を吹き飛ばしてくれるよ。アーチの父さんは〈風のエキスパート〉じゃないか」

風のエキスパート

金曜日。夜中に父さんが工房に入ってきて、明日は少しつきあわないかと訊いた。

「仕事に？」

「そうだ」

昼から夜になるまで〈風〉を調べに行くって父さんは言った。

「キサとトアは？」

「アカリママが一緒にいてくれる。お店はユーミさんに頼むそうだ」

キサは僕や父さんがいなくても全然平気だけど、トアは心配。でもアカリママがいるなら大丈夫だ。最近はミズヤさんもいてくれる。

「なにをするの？」

父さんは微笑んで、お前さえよければって言う。

「〈パートナー〉をやってみよう」

聞いたことはある。〈エキスパート〉と一緒に仕事をする人だけど、その人は〈エキスパート〉じゃなくてもいい。ただその〈エキスパート〉ととても仲が良くて信頼しあっている人じゃなきゃダメらしい。でも、何をするのかはわからない。

「基本的には荷物を運んだり、父さんの言うことをメモしたり、要するに雑用だ」

でも、と父さんは続けた。

「いちばん大事なのは、父さんと同じ気持ちになってもらうってことだ」

「同じ気持ち」

「風を読むとき、父さんたちは神経をものすごく集中する。それはとても疲れることだ。そんなときに、傍に自分と同じ気持ちになって考えてくれる親しい人がいると、とても助かるんだ。それが〈パートナー〉だ」

それなら、お前にもできるだろうって父さんは言う。できるかもしれない。

次の日の昼に、モーターボートを借りて、二人で〈泣き双子岩〉に向かった。

去年の僕とアミが岩の上に吹き飛ばされた事件はちょうどいまごろだ。父さんはあの風が今年も吹くのかどうか、その辺をまず調べたいと言った。

「あの風が吹くことはわかってたんだよね？」

父さんはうなずいた。

「おまえたちを空に舞い上げるほどではないけどな」

いつも鳥たちがこの岩から急に飛び立っている。だから、そういう風はこの辺りにいつも吹いているんだ。そう父さんは言った。

「地形の関係って前に言ったよね」

「そうだな」

ただ、って父さんは続けた。

「それだけじゃ説明がつかない場合はある。去年の事件もそうだ」

父さんはボートを岩から少し離れたところで止めて、ずっと空を見ながら話している。

「〈夏向嵐〉の原因もそれと関係がある。ダウンバーストって聞いたことがあるか？」

「ない」

「空から下に向かって吹く突風と思えばいい。こいつが起こるととんでもない被害が出ることがある。お前とアミちゃんを空に吹き飛ばしたのも、おそらくそいつだ」

え？　と思った。

「でも、僕たちは上に飛んだよ？」

父さんは空を見上げながらうなずいた。

「ただのダウンバーストじゃない。おそらくはドーナツ状になったものだ。まだ実際の報告例はないに等しいけど、噂はある。それを父さんたちは〈サークルバースト〉と呼んでいる」

サークルバースト。ドーナツ状。

「想像してみろ。ドーナツみたいに真ん中がなんにもなくて、周りがものすごい勢いの突風になって下に向いて吹く」

「うん」

「それが海にぶつかると、どんなふうになると思う？」

僕の頭の中でそれが絵のように浮かんできた。海に真上からぶつかった風は、またものすごい勢いで上に上がっていく。

「そうか」

僕はポン、と手を打った。

「だから海が盛り上がったんだ」

父さんはにっこり笑った。

「おそらくそういうことだ。ここらあたりの上空には、父さんたちが言うところの〈風の巣〉がある。そしてちょうど〈泣き双子岩〉の近辺の海底には熱水の噴出もあるんだ」

「ねっすい？」

「海底の温泉と思えばいい。ものすごい熱いお湯が噴き出している。そういういろんな条件が重なることによって、ダウンバーストが引き起こされて、この時期にピンポイントのようにあの〈泣き双子岩〉を中心にしてサークルバーストが吹き込んでくるという仕組みじゃないかと思っている。あの辺りを見てみろ」

父さんが空を指さした。薄曇りの空の中に、かすかにだけど色の違う部分があるのがわかる。

「父さんたちは気配でそれを感じ取れるけど、お前ならわずかな色の違いでわかるんじゃないか？」

「うん、わかる」

本当に微妙な灰色の違いだ。たぶん普通に色が分かる人には見えないぐらい。

「しばらく、寝転がってあそこを見つめていよう。うまく行けば変化が感じ取れるはずだ。変わったら父さんに教えてくれ」

うなずいて、二人でボートのデッキに寝転がった。薄曇りで陽は差していないけど、気温も風もちょうどいい感じで、ボートはゆらゆら揺れるし、なんだか眠ってしまいそうだった。父さんは雲の流れ方について話していたけど、急に空から目を離して僕の方を向いた。

「考えてみたら」

「うん」

「お前とこうして並んで横になるのは久しぶりだな」

そう言えば、そうかもしれない。

「眠くなったら寝ていいぞ」

「大丈夫だよ」

そう言うと、父さんが少し笑った。

「なに？」

「お前は、いつもそう言う。『大丈夫だよ』って」

「そうかな」

「父さんは、そういうお前に甘えっぱなしだな」

そんなことはないと思うけど。

「母さんが死んだときも、お前はキサとトアの面倒を見てて大変だった」

「そうでもないって」

父さんはまた少し笑う。それからまた空を見たので僕もそうした。

「お前は、小さい頃から自分の世界を持っていた。そのおかげで、辛いことや悲しいことが起きても、そこから距離を取ることが自然にできた」

わかるか？　と訊くので、ちょっと考えたけどよくわからなかった。

「わかんないや」

そう言ったら、わからなくてもいいから覚えておけって父さんは言う。

「バリヤーみたいなものだ。お前の持つ自分の世界は、いつもお前のハートを守ってくれる。それは、なかなか得難いものだ」

貴重なものだと父さんは言う。

「それでも、いつか、そういう悲しいことや辛いことが、お前のバリヤーを破ってものすごい勢いでぶつかってくることはある。そんなとき、お前は初めてのことでとまどうはずだ」

そうなんだろうか。

「アーチ」

「うん」

「そのときは、何も考えないで誰かにぶつかっていけ。感じたことを、言葉や態度に出してぶちまけろ」

「誰か？」

「もちろん父さんにぶつかってきてくれればうれしい。父さんはいつだってお前の味方だ。できればそうしてほしいが、もし、そのときに周りに誰かお前のことを本当に好きな人がいたなら、その人でもいい」

どういうときにそうなるのかはわからないけど、言ってることはわかった。

「そうする」

父さんは、手をのばしてきて僕の胸をポンポンと軽くたたいた。

「お前のハートは強い。でも、父さんのハートはそれよりもっと強いからな。しんどくなったらいつでもぶつかってこい」

「わかった」

そう答えたとき、空の色が少し変わってきたのが見えた。

「父さん！」

思わず手をのばしてそこを指さしたら、父さんは立ち上がった。

「見えたのか？」

「うん」

少し顔をしかめて、父さんは空気のにおいをかぐようにしていた。ぐるりと空を見回した。

「アーチ」

「うん」

「眼を閉じてみろ。お前の眼はいろんな変化を見過ぎてしまう」

言われた通りにした。

「立ち上がって風を肌で感じてみるんだ。顔に当たる風でいい。手をのばして手のひらを広げてもいい」

手を広げてみた。風が当たってくる。

「その風は、そこだけじゃない。ずっとずっと広く、地球の上全部にひろがっていく風だ。どこまでも流れていく様子をイメージしてみるんだ」

イメージしてみた。うまくできているかどうかはわからないけど、どんどん風が僕の方に向かってくるような気がしていた。

急に、誰かに呼ばれたような気がした。

「父さん？」

「眼を開けて、〈泣き双子岩〉を見てみろ」

眼を開けた瞬間、空の上の上の方から〈泣き双子岩〉に向かって何かが落ちてくるのが見えたような気がした。そして、海が丸く沈んで、その中心が持ち上がった。まるで一瞬ドーナツが出来上がったみたいに。

「あれが？」

「そうだな」

父さんはなんだか少し嬉しそうに笑った。

「去年よりはかなり小さいようだが、あれがお前たちの乗ったボートを浮き上がらせて、お前を岩の上に運んだ風だ」

そう言って、それから父さんは軽く僕の肩をたたいて笑った。

「上出来だ。助かったよ」

なにが上出来なのかよくわからなかったけど、ほめてもらえるのはうれしい。父さんの仕事についてきて、役に立ったのは初めてのような気がした。

[WINdiary NEWS]　××六四年九月一日

〈ワイズ・コラム〉

今年も、あの時期がやってきた。二年に一度、この町の人口の五倍もの観客が訪れる〈マッチタワーコンクール〉の開催要項がI・M・Iから発表されたのである。当然のごとく、最終審査会場は我が町に残る戦時記念碑である〈サイレントウォール〉である。

世界規模で行われ、我が町の誇りでもあるこのコンクールではあるが、残念ながら主会場である我が町からのグランプリ受賞者は、ここ五十年間出ていない。芸術にいそしむ方々並びに専門知識を持つ方はぜひとも頑張っていただきたい。そして栄えある栄冠を手にして、賞品である世界一周旅行を楽しんでいただきたい。（Y・S記）

Autumn

セージさんの提案

夏休み最後の日に〈マッチタワーコンクール〉を主催しているI・M・Iから僕に手紙が届いた。ちょうど図書館にでかけるところだったので、そのまま手紙を持っていってみんなに見せた。

「なんだって?」

リックが手紙をのぞきこんだ。

「コンクールに参加しませんかって」

「へー、いいじゃん!」

図書館の管理室のベランダに僕たちはいた。セージさんがどうせ宿題が残っている奴もいるだろうから、みんなで助けてやればいいって。実際に宿題が残っていたのは僕とリックだけだったんだけど。

この町では夏はあっという間に終わって、秋はすぐにやってくる。外はもう風が少し冷たくなってきたけど、ベランダであったかいココアやミルクを飲みながら本を読んだり話をしたりするのにはちょうど良かった。

「ちょうどいいや。その件で話があったんだ」

セージさんが僕に言う。

「その件？」

「〈マッチタワーコンクール〉」

なんでもセージさんのお父さんの知り合いがI・M・Iにいて、今年のコンクールに僕を誘ってみるつもりだっていう話をしてて、それをセージさんはお父さんに教えられた。

〈マッチタワーコンクール〉は参加するのに年齢制限がある。火を扱うし、ものがマッチだから子供は参加できない。十八歳以上っていう制限があるんだけど、僕を特例として参加させたいと手紙には書いてあった。

「実はずっと考えていた」

「なにをですか」

「キサトアのことで」

なんだろう。セージさんは椅子から立つと、本棚の方へ向かっていって、本を一冊持ってきた。地図帳だ。僕らが座るテーブルにポンとおいて、ページをめくった。そして、いちばん北にある国の地図を開いた。

「白夜《びゃくや》って、知ってるだろ？」

「はい」

知ってる。夜になっても太陽が沈まないで、ずっと明るい夜だ。

「その反対に、極夜っていうのもある」

それは知らなかったけど、反対に朝なのに明るくならない日のことだそうだ。

「これについて、何か考えたことや聞いたことはないか？」

ない、と思う。そう言うとセージさんはニヤッと笑った。

「もし〈白夜の国〉にキサトアを連れていったら、どうなるんだろうな」

みんなが、あ、と口を開いた。考えてもみなかった。白夜のことは知ってはいたけど、それはとてもとても遠い国だし。

「えーと」

リックが上を見ながら言う。

「太陽が沈まないんだから、キサちゃんはずっと起きているってことか？」

「じゃあトアちゃんは眠ったまま？」

カイくんが言うと、セージさんは首を横に振った。

「ありえないと思うな。人間は、健康な人だったら、ゼッタイに眠くなるし起きるものだ。ずっとそのままなんて」

すぐにカイくんがあっ！ と言った。

「そうだ、セージさんすごい！」

僕も気がついた。それは、キサとトアの病気を治すことになるんじゃないか。

「そう思うだろう？」

みんなが大きくうなずいた。

「すげぇ！ どうして誰も気づかなかったんだ？」

「気づいても、馬鹿げていると思ったのさ。そんな簡単なことで治るんだったら苦労はしないってね」

そうなんだろうか。父さんはどうだったんだろう。そう言うとセージさんは首をひねった。

「もちろんフウガさんなら考えたことはあるはずさ。〈エキスパート〉なんだし、親なんだからな。今までアーチに言ってないってことは、何か理由があるんだろう」

そうかもしれない。

「キサトアが、太陽の運行にきっちり合わせて眠ったり起きたりしているのは間違いない事実だ。季節によって変わる日の出日の入りに身体が反応している。アーチが前にいた町はここからかなり遠い南の町だろう？」

遠い。列車で三日も掛かってしまった。

「ということは、同じ日でも日の入り日の出の時間はこの町とずれているはずだ。それでもちゃんとキサトアは反応している。もし〈白夜の国〉に行けば、必ず身体が反応するはずだ。でも、健康な人間である以上は、起き続けられないし、眠り続けられない」

賭けだけどな、とセージさんは続けた。

「ひょっとしたら、何にも変わらないかもしれない。事態が悪くなるのかもしれない。フウガさんはそれを心配しているのかもしれない」

それでもってセージさんは言う。

「試してみる価値はあると思うんだがな、オレは。大人はキサトアを心配しているのかもしれないけど、オレはあの子たちはすごい強い子だと思う。いろんな意味で」

セージさんはニコッと笑った。僕もそう思う。大人の人はキサやトアをかわいそうってよく言うんだけど、そんなことはない。キサもトアも、すごい元気で、自分のことを弱いなんて思っていない。試してみる価値はあると思う。でも。

「それと、〈マッチタワーコンクール〉が?」

どういう関係があるんだろう。訊いたらセージさんはうなずいた。

「〈白夜の国〉に行くっていっても実際はかなり大変なことだ。船で何ヶ月もかかるし、行って二、三日で帰ってきてもたぶん意味がない。しばらくそこで暮らしてみなきゃならないだろう。ということは、とんでもないお金がかかるってことだ」

胸ポケットからセージさんは紙を取り出した。そこには、数字がいろいろ書き込んであった。

「仮に、一年ぐらい向こうにいるとして、どう考えてもこれぐらいはかかる」

船代や、宿泊費や、いろいろ。キサとトアだけで行けるはずがないから、誰か大人の一人分も追加すると、とんでもない金額だった。リックがどっひゃーって叫んだ。

「一生遊んで暮らせるじゃん!」

それは大げさだけど、僕たち家族が何年も余裕で暮らせそうな金額になっていた。とてもそんなお金はうちにない。ただでさえ父さんが〈エキスパート〉の仕事を休止してから貧乏になっているのに。カイくんがうーんってうなった。

「盗まれたアーチの作品があったらねー」

「そうだなー。売ればこのぐらいにはなったんだよな?」

考えたこともなかったんだけど、こうやって見ると確かにその通りだった。

「だからだ」

そう言うとセージさんは、僕に来た手紙を指さした。

「〈マッチタワーコンクール〉グランプリの賞品はなんだ？」

「世界旅行」

マッチで有名な世界中の都市を何ヶ月もかけて巡る旅だ。それぞれの町でその人の作品の展覧会もしたりもする。セージさんは、もう一度地図の〈白夜の国〉を指さした。

「カイ、この町に運ばれてくるマッチの軸の原料になるナレの木の産出国はどこだ？」

「あ！」

カイくんが手をパチンと打ち鳴らした。

「〈白夜の国〉だ！」

セージさんがニヤッと笑う。

「そういう事情があれば、他の都市を回るのは全部やめて、その分キサトアと一緒に〈白夜の国〉にずっといたいっていうわがままぐらい通ると思うんだがな」

風の資質

夕方に父さんは帰ってきて、もうすぐ眠ってしまうキサと三人で〈海岸亭〉で夕食を食べた。今日は魚のムニエル。キサは魚が大好きなので、いつもよりすごいスピードで食べていた。性格はいろいろと違うキサとトアだけど、食べ物の好みは同じなんだ。トアも魚が大好きで、肉はハンバーグがいちばん好き。リンゴは大好きだけど、メロンはあんまり好きじゃない。

キサはゆっくり食べなさいって怒られながらもあっという間に食べ終わって、ごちそうさまーっ！　とさけんで〈海岸亭〉を出ていった。まだ陽が沈むまで時間はあるから、友達と遊ぶんだ。

「父さん」

「うん？」

キサがいなくなったので、手紙を見せながら〈マッチタワーコンクール〉に出たいって言うと、父さんはうなずいていた。それから、セージさんに言われた〈白夜の国〉のことを話してみると、今度は少し渋い顔をした。

「そのことは実は考えていた」

やっぱり。

「ただ、あまりにも子供じみた考えだからな。躊躇《ちゅうちょ》していた。真面目に考えてみても、やはりセージくんの言う通り、賭けでもある。事態が悪化してしまうことも考えられるし」

父さんは、そこで難しい顔をした。

「もっと、悪いことも考えてしまったんだ」

「悪いこと？」

父さんは大きくうなずいた。

「この間、ミズヤくんがやってみたように、キサには〈エキスパート〉としての資質がある。それは大分前から気づいていた」

ミズヤさんにやってみてほしいと頼んだのは父さんだそうだ。

「トアは？　トアにはないの？」

「トアは、少し違うかな。あの子は目に見えないものに多く引きずられてしまう傾向があるから、今のところはキサより弱いと思う」

　変なものが見えちゃうのは、かえって邪魔になるんだ。

「あの子たちは、二人ともにそれぞれおもしろい資質があって、なおかつ二人は同時に太陽の動きに影響を受けている。本当に病気なのかどうか、それとも他に何か原因があるのか、皆目見当がつかないけど、わかっていることがただひとつある」

「なに？」

「二人が絶妙なバランスを保っているということだな。動と静、昼と夜。ひょっとしたら、病気とか遺伝とかのレベルじゃなく、もっと大きなものをキサとトアは抱えているんじゃないかと思うぐらいだ」

　大きなもの？

「バランス、というものを〈エキスパート〉は重視する。この世界は信じられないぐらいの微妙で、繊細で、かつ絶妙なバランスの上に成り立っている。だから〈エキスパート〉は必要以上にバランスに気を配らなきゃならない。そういう私たちから見ると、キサとトアのバランスはかなり気になる存在なんだ」

　父さんは少し顔をゆがめる。

「天変地異とまでは言わない。ただキサとトアの今のバランスが崩れることによって、どこかで何かが起こるのかもしれない。考えすぎなのかもしれないが、父さんにもどうにも読めない」

何もわからないけど、どうにも気になる。だから今まで〈白夜の国〉のことを考えないようにしていた。

「でもな、そういうのは関係なく、お前が〈マッチタワーコンクール〉に出るのはいいと思う。あれは、お前に向いている」

「そう？」

父さんは微笑んでうなずいた。そんなこと考えたこともなかったけど。

「何かを作るお前のセンスは大したものだ。親の贔屓目《ひいき》を割り引いても、他のどのアーチストに比べても遜色はないと思う。そして、あのコンテストは最終的に火を点けて燃やして、その美しさをも競うな？」

「うん」

「審査会場は〈サイレントウォール〉の前だから屋外だ。あそこの大きな壁のところには、海からの風を遮っているせいで微妙な風の流れが起こる。その動きが、マッチタワーが燃えていくときの美しさを際立たせる。風は炎の味方でもあり、同時に敵でもある。つまり」

人さし指をあげて、くるくる回した。

「微妙な風の動きを感じ取って、それを読んで味方につけることができたなら、なお美しい燃え方を演出できるってことなんだ。わかるよな」

「うん」

「ということは、〈風のエキスパート〉としての資質を持ったお前には、かなり有利だということになる」

今まではっきりと言ったことなかったけど。少し真面目な顔になった。

「お前の進む道は自分で決めるものだ。父さんが決めるものじゃない。わかるな？」

「わかる」

父さんは今までに何かをしなさいって言ったことはなかった。僕の好きなようにさせてくれた。

「だからあえて言わなかったけど、確かにお前には資質がある。〈誰かに呼ばれたような気がして、その後に風が吹く〉というのは、まぎれもなく〈風のエキスパート〉の資質の現われだ。でも、それを必要以上に気にする必要はない。〈白夜の国〉のこともあまり考えるな。素晴らしい作品を作ることだけ考えていればいいさ」

「そうだね」

そう思う。余計なことを考えてるといつも失敗しちゃうし。それに、と父さんは続けた。

「キサとトアのことも、お前が色を失ってしまったことも、すべては、あるがまま、という気もしている」

「あるがまま?」

よくわからなかった。

「キサとトアは、ああいう生活をしているけど、それでたくさんの人たちに愛されている。お前は色を失ってしまっているけれど、そのおかげで独特の感性を持っている。何かを失っているんじゃない。逆に何かを得ているんだ。そういうふうに考えている」

もしかしたらそれはお前たちへの贈り物なのかもしれない。だから無理に失ったものを取り戻そうとしなくてもいいのかもしれない。

「すべては、時が来たらなるようになるんじゃないか」

そういうふうに父さんは言った。

少し難しいけど、なんとなくわかるから、そうだねって答えた。

難しい問題の行方

〈マッチタワーコンクール〉から正式な招待状が届いて、僕は参加するための準備をしなきゃならなかった。最終審査は十月三十日。その前に第一次審査がある。世界中から作品が集まってくるので、その数はすごいたくさんになる。

「いちばん多い年で、全世界から五千ぐらいの作品が集まったそうだ」

セージさんが言った。

今までの〈マッチタワーコンクール〉の資料は全部図書館に保管されていて、それを見せてもらおうと思ってセージさんに相談したら、それを全部そろえて、モーターサイクルで家まで届けてくれた。もちろんモーターサイクルなんか乗っちゃダメな年なんだけど、セージさんは全然気にしない。

「それだけ数があるから、第一次審査は写真とフィルムで行われる」

作品を自分のところで作って、写真をいろんな角度で撮る。それから燃やしてその様子はフィルムに撮って写真と一緒にI・M・Iに送る。審査員は、写真とフィルムを見て審査して、最終審査に残す人を決めるんだ。

「まぁお前なら楽勝さ」

一通り説明してくれて、セージさんはニヤッと笑った。

「でも、セージさん」

「なんだ」

「こんな資料、全部持ってきちゃっていいの？　図書館のものなのに」

「いいんだ」

俺が借りてきたことにしてあるって言う。

「いろいろと面倒だからな」

セージさんは少し顔をしかめた。話は聞いてる。カイくんが言うには、僕がこの町の伝統ある〈マッチタワーコンクール〉に出ることを許していいのかと言っている人がいるそうだ。例の漁とロドウさんの事件のせいだ。二つの大きな事件にかかわっている父さんの、僕は息子だ。

「くだらないよな。ロドウさんだって犯人のはずないじゃないか」

そう思う。

「あとな」

「はい」

「その向こうからきた招待状の要項にも書いてあるように、作品造りにはどうしたっていろんなところの協力が必要だ」

そうなんだ。大量のマッチを使うから、消防署や役所の許可やマッチ工場の協力も必要になる。もちろん全部のマッチを買ってもいいんだけど、燃えるのを試したりするのには本当にたくさん必要になってすごいことになってしまう。

「そこら辺は、俺にはどうしようもないけど、きっとフウガさんや、大人たちが何とかしてくれる。フウガさんのことを疑っているのはほんの一部の連中だけだからさ」

心配するな。そう言って、セージさんはニヤッと笑った。

「あぁ、それからさ」

帰り際、家の玄関の前でモーターサイクルにまたがりながら、セージさんはまた笑う。

「俺は女はくさるほどいるからさ。大人の言うことなんか気にすんなよ」

それはアミのことを言ってるんだろうか。セージさんは僕の肩をポンとたたいた。

「アミが死にそうなぐらい淋しがってる。お前は俺と違っていい子だから考えもしないんだろうけど、会うのを止められてるのはアミだけなんだぜ？」

「アミだけ？」

そうさってセージさんは腕を広げた。

「お前はアミに会うのを止められているか？　いないだろ？　ってことは、お前がアミに会いに行くのを止める奴なんか誰もいないんだぜ？」

そう言って手をふって帰っていった。


その次の日の夜だ。

父さんとミズヤさんはどこかに出かけていて、僕はトアとマイカさんとヨォさんと居間で遊んでいた。ヨォさんはときどき思いついたように店を早く閉めて、トアと遊びにやって来る。

ドアが開いて、父さんたちが帰ってきたと思ったけど、ずいぶん靴音が多かった。

「ただいま」

「お帰りなさい」

父さんとミズヤさんと、それから駅長さんがいた。あと、顔は見たことあるんだけど誰だったか思い出せない人。トアがさっと僕の陰に隠れてしまった。マイカさんが、あら、と言って笑った。

「めずらしい顔ね」

お茶でも入れましょうかって立ち上がったマイカさんに、父さんもミズヤさんも駅長さんも済みませんって頭を下げた。実は、マイカさんには誰もかなわないんじゃないかって思ってる。

「アーチ。消防団のサンドーさんだ」

思い出した。学校に消防のための授業をしにきたこともある。

「ほら、トア。消防車に乗る人だよ。会ったことあるだろ?」

父さんがトアを抱っこすると、トアは少しはずかしそうに笑ってうなずいた。

「こんばんは、トアちゃん。サンドーですよ」

「こんばんは」

「アーチ、話があるんだ。座りなさい」

みんながそれぞれにソファに座ったり椅子に腰掛けたりしたところで、マイカさんがコーヒーを持ってきた。駅長さんが僕の顔を見て、今日は町長だからねって笑った。

「そうだな。まずこれを読んだ方が話が早いだろう」

見てごらんと言って、父さんは紙を僕にわたした。新聞記事だ。それもまだ新聞になっていない記事。

[WINdiary NEWS]

〈ワイズ・コラム〉

〈水のエキスパート〉であるミズヤ氏から発表があった。当初の予定では半年以上かけての調査の予定だったが、問題点が思いのほか季節の影響を受けないことが判明し、近々〈開かずの道路〉対策の指標を発表できるとのことだ。これによって、ほぼ全面的に〈開かずの道路〉はなくなり、通常の工事ができるようになるが、それに関しても様々な提案がなされるようだ。

我が町はいろんな面で特異な点があり、やみくもに文明の恩恵を町にほどこせばいいというわけでもない、とミズヤ氏は言う。使い古された言葉だが自然との美しい共存というのがひとつの課題になるとのことだ。詳細は追って報告する。（Y・S記）

[WINdiary NEWS]

〈ワイズ・コラム〉

〈水のエキスパート〉であるミズヤ氏から思いもかけない発表があった。別々の依頼であった〈開かずの道路〉調査と、〈巨人の腕〉による漁獲高の減少調査だが、実はこれは関連した問題点であったというのだ。詳細の発表は後日になるが、ミズヤ氏は事前に一つだけ私に明かしてくれた。〈巨人の腕〉の設置と漁獲高の減少はまったく関係がないとのことだ。〈エキスパート〉の仲間であるフウガ氏をかばってのことではないかと憶測する向きもあるだろうが、それは有り得ない。忘れてほしくないのは、〈エキスパート〉は国際憲章で定められたものであるということだ。

誇り高き彼らは、その名にかけて、仕事をしている。彼らの眼は常に真実のみを見つめている。（Y・S記）

僕が読み終わって顔を上げると、ミズヤさんが微笑んでうなずいた。

「書いてある通りだよ。〈水のエキスパート〉の名にかけて、漁獲量の減少とフウガさんの仕事には何の関係もないと断言する。正式な調査書も、さっき事務局を通じて承認された。発表するのはいろいろ事情があって少しタイムラグを取るけど」

良かった。父さんを見ると、うなずいていた。

「これで、懸念は解消されたというわけだね」

町長さんだ。

「アーチくん」

「何の関係もない子供である君にまで心配をかけてすまなかったがね。晴れて町として君の〈マッチタワーコンクール〉の参加後援を決定できた」

「参加後援？」

町長さんは町の代表として僕の後援会を作る、と言った。どういうことかよくわからないけど、まぁ応援団みたいなものだから、素直に受けておきなさいと父さんが笑って言っていた。

「でも」

ロドウさんのことを聞こうと思ったら、町長さんが右手を上げて言った。

「ロドウのことだろう？　心配ない」

「でも、町長さんはあのとき」

ロドウさんを逮捕するために警察と一緒にいたのに。そう言うと町長さんは苦笑いした。

「そういうふうに見えただろうがね。私としては単に事情を聞くためにかけつけただけさ。私だってあいつとは長い付き合いなんだ。あの馬鹿が悪ガキの頃から知っている」

それに、と、町長さんは新聞記事をポンポンとたたいた。

「Y・Sがちゃんと調べてくれてる」

「Y・S?」

この記事を書いている新聞記者さ、と父さんが言った。そういえば町のニュースはいつもこの〈Y・S〉さんだ。僕は顔も名前も知らない。

「あっちの警察が何と言おうと、ロドウもフウガさんも単なる被害者だ。ロドウは今もあのワキヤという男を追っている」

気にしないで、アーチくんは作品造りに専念してくれって町長さんが言った。

「そこでだ。作品造りに欠かせない消防関係について、今日はサンドーくんも一緒に来たというわけだ」

応募するための作品を作るのに、庭に新しい小屋が必要だとサンドーさんが言った。

「家の中ではあんなに大量のマッチを扱えないからね」

安全のために家から離れたところに小屋を造る。

「以前にもリュウズさんのためにそういう小屋を造った。床には石の板を敷いて、壁はレンガ。入口のところはすぐに取りはらって撮影ができるように、燃えにくい木と布にする。もちろん何かあったときのために、すぐ隣に水槽を作って水を張っておく」

作品を作るときには、ちゃんと誰かに声を掛けてからするようにって念を押された。

「我々も一日一回小屋の様子を見に来るからね」

みんなで庭に出て小屋を造る相談をしていた。トアもマイカさんも外に出て一緒に遊んでいる。それを見ながら、僕はアミのことを考えていた。あの記事が新聞に載るのは三日後だって言っていた。それまでにいろいろ根回しというものをするそうだけど、考えていた。

セージさんに言われたこと。

僕はアミに会うのを止められていないんだ。それに、もうドウバさんも、父さんとのことを心配しなくていいんだ。腕時計を見た。午後七時。今日は僕が先に寝る番だけど。

「父さん」

「うん？」

「ちょっと、出かけてくる！」

父さんが何か言ったけどよく聞こえなくて、すぐに帰るから！　と僕は叫んで、走り出した。

自転車をアミの家の前で勢いよく停めた。

〈船場〉の家は一階が入口と船着き場になっている。そして二階にも入口があって、外から階段で上って行ける。アミの部屋は二階だ。窓を見上げたら、急にそこに人影が立って窓が開いた。

アミだ。アミの口が〈待ってて〉という形に動いて姿が消えた。それからすぐに二階の入口のドアが開いてそっと降りてきた。

そのまま僕たちは、静かに、すぐ近くの海岸に降りた。もう夜の海は寒い。アミも少し厚手の上着を着ていた。大きな流木があったから、二人でそこに並んで座った。

「僕が来たの、わかったの？」

アミはニコッと笑った。

「自転車のブレーキの音が聞こえたから、ひょっとしたらって」

「そっか」

「どうしたの？」

こうやって、すぐ近くで並んでいるのはなんだか本当に久しぶりなような気がした。

「もう。心配することないんだ」

「え？」

アミは、よくわからないって顔をした。

「まだくわしく言えないけど、大丈夫なんだ。今まで通りで」

「今まで通り」

「まだ誰にも言っちゃいけないんだけど、魚が採れなくなったのは父さんのせいじゃないってちゃんとわかったんだ。だから、父さんとドウバさんも元通りだし、こうやって僕とアミが会っていても大丈夫になったんだ」

「本当に⁉」

「本当に」

アミは首をちょっとかたむけて、それから笑った。

「アーチがそう言うなら、大丈夫なんだね」

「うん」

アミが手をにぎってきたので、僕もにぎり返した。

「でもまだ内緒なんだね？」

アミがまた少しだけ笑った。

町を作ろう

「そのものの形の美しさはもちろんだがなぁ、何と言ってもやはり燃えさかる手前の美しさだろう。審査もそこを重要視する向きもあるからな」

この町で唯一コンクールでグランプリを取ったリュウズさんがいろいろと教えてくれると言うので、日曜日に部屋に行ってみた。

リュウズさんが作った作品は、今はもう写真しか残っていないんだけど、それを見せてくれた。図書館がまだ教会だったころの建物と、その周りにたくさんあった木が並んでいる作品で、すごい精密なものでびっくりした。

「マッチの種類はわかるか？」

「カイくんが見本を貸してくれました」

それを持ってきた。カイくんのお父さんがいろんなマッチがずらっと並んだ見本板を貸してくれたんだ。

普段、家で使っているマッチは赤い頭をしているけど、その頭だけでも緑があったり青があったり黄色があったりオレンジがあったりいろんな色がある。マッチ博物館で見たことはあるけど、さわるのは初めてだった。

「炎の色は、その頭の色でいろいろ変わる。もちろん含まれている成分が違うからだ。ただ、瞬間的に色を発して、後は普通の炎の色、というものもあるからな、その辺りの組み合わせも考えなきゃならん。簡単そうに見えて、かなり複雑で綿密な計算と、芸術性の二つが試されるのが、この〈マッチタワーコンクール〉なのさ」

それは、思っていたんだ。審査会を見てて本当にすごいと思う。まるでマッチの炎が流れる生き物のように感じることもあるし、機械みたいな正確な発火で驚くものもあるし、あれを考えるのは大変だろうなって思っていた。

そう言うと、リュウズさんもうなずいた。

「まず、最初のイメージが肝心だなぁ。どういうイメージの炎にするか。それによって、作る物の形も変わってくるだろう」

どうするね？　と訊くので、答えた。

「流れる感じにしようと思います」

最初からそう思っていたんだ。風とともに流れる炎。それを際立たせるような繊細な作品。そんなイメージが最初からあったんだ。そういうふうに言うと、リュウズさんもうなずいた。

「それがいいだろう。おまえさんには父さんゆずりの〈風〉のイメージがある。そういうものを大事にした方がいいだろうな」

どんな形の作品を作るか決まったら、そのスケッチを持っておいでとリュウズさんは言った。その形に合った、マッチを選ぶのを手伝ってくれる。

「マッチは頭の種類だけじゃなくて、軸の太さや長さにもいろんな種類がある。軸の木の種類によっても燃え方が変わってくるからな」

初めての人にはそこがいちばん難しいそうだ。

僕が作る作品は変なものが多い。絵も描くけど、どっちかと言えば何かを作る方が好きだ。小さいころは動物ばかり作っていた。でもライオンを作ろうと思っても、できあがったらライオンっぽいけどこの世にいない動物になってしまう。そこがいいとみんなは言ってくれるんだけど。

この頃は、建物みたいなものを造ることが多い。それもなんだか人なんか住めないような変な形になってしまう。頭の中にあるイメージを形にすると、どうしてもそんなふうになってしまうんだ。

何を作ろう、どんなものにしよう、マッチの炎と一体になって美しいものってなんだろう。リュウズさんに話を聞きに行ってからずっと考えていた。毎日毎日、いろんな本を見たり、海を眺めたり、街を歩いたりして考えこんでいた。

学校の帰りにやっぱりずーっと考えながら歩いていたら、〈ハーバーライツ〉のドアが開いて、アカリママが僕を呼んで手招きした。まだ開店前のお店。何だろうと思って中に入っていくと、アカリママはカウンターにコップを置いた。

「ぼーっとして歩いているんだもの」

くすっと笑って言った。

「何を作るか考えているんでしょう?」

「そうです」

「飲みなさい。アカリママ特製ヨーグルトジュース。頭にも身体にもいいわよ」

「いただきます」

アカリママは僕がジュースを飲むのをにこにこしながら見ていた。

「ねぇアーチ」

「はい」

少しだけ、アカリママは考えるような顔をして僕を見た。

「いつも思っていたのだけど、アーチは頑張りすぎてないかな」

「僕がですか？」

そうかな。そうでもないと思うんだけど。

「キサちゃんやトアちゃんのことだって、家の手伝いだって、自分の作品も作らなきゃならないのに全部に一生懸命になってる気がして」

おせっかいなおばさんとしては、ちょっとだけ心配だなーってアカリママは少し笑った。

「学校だって、友達と遊ぶことだって、他にもいろいろあるのに」

考えた。大変だなんて思ったことはない。嫌だなんて思ったこともない。確かに今までにも大人の人が、アカリママみたいに、そういうふうに心配してくれることはあるんだけど。

「ちょっと、このあいだ思ったんです」

「なに？」

「船の帆」

「帆？」

そう、朝方、部屋の窓から海を見てて思っていたんだ。ヨットが何艘か海の上を滑るように走っていた。

「風を受けて、いつも風を受けて帆は膨らんで、舟が動いてますよね」

「そうね」

「父さんが〈風のエキスパート〉だからってわけじゃないけど、そうなのかなって。風を受ける船の帆。そんなイメージが湧いてきて」

僕には、キサとトアの風が吹いたり、家の手伝いの風が吹いたり、ものを作りたいっていう風が吹いたり、そのたびに僕はばさばさと風をはらんで、あっちこっちに動いていく。それは全然つらいことじゃなくて、風をはらんでいた方が帆はいいんだ。風が強ければ強いほどそれがエネルギーになってどんどん進める。それがあたりまえなんだ。

そのときはただそんなことをぼんやり思っただけなんだけど、なんとなく、アカリママの思ったことの答えになっているような気がして。

アカリママは少し眼を大きくして、ちょっと考えて、それから笑った。

「そうね。そうかも知れないわね」

それから、風かぁと言いながら窓の外の海をみた。

「どんなに強い風が吹いても、絶対に破れないで、どんどん風をはらんでぐいぐい進んでいく帆になれればいいね」

アカリママと話しているうちに急にいろいろとイメージが浮かんできて、帰るとスケッチブックを持って庭に出た。ずっと頭の中でぼんやりしていたものが、どんどんカタチになってきたみたいで、何枚も何枚もスケッチをしていた。

だから、カイくんとリックが来ていたのもわからなかった。二人がシュウレンさんに頼まれて僕におやつと飲み物を持ってきて初めて気づいたんだ。

「すっげえ集中してたからさ、声かけるのも悪くてな」

シュウレンさんが用意してくれたクッキーを食べながらリックが言った。

「どんなのにするのか、決まったの?」

カイくんが訊いてきた。

「うん」

おっ！　とリックが声を上げた。

「ついさっき、決まったんだ」

「何を作るの?」

「町」

「町?」

二人で同時に言った。

「町って、この町か?」

小高くなった僕の家の庭から見下ろす町を指さしてリックが訊いた。

「この町は、長い長い間、風と一緒に生きてきたんだ。だから、きっと風がなじむようになっていると思う。〈風のエキスパート〉の父さんがこの町に来たのは、最初は仕事だったけど、なんだか偶然じゃないような気もするし、僕もキサもトアもこの町の空気がすごい好きなんだ。だから」

「町の模型を作っちゃうの?」

「そのまんまじゃないよ」

町のだいたいの形をモチーフにして作る。まだ未完成だけど、描きかけのスケッチを見せてあげると、二人はうわっ、って声を上げた。

「ホントだ、町だ」

「すっげぇ。前からすっげぇと思ってたけど、アーチ、オマエはやっぱりすげぇ。天才だ」

ほめられるのはうれしいけど、天才は言いすぎだと思う。

「すげぇけど、こうやって作った町が燃えちゃうのか？」

不吉じゃないかって言うリックの頭をカイくんがたたいた。

「〈マッチタワーコンクール〉においては、燃え尽きるっていうのは、そこからの〈新しい再生〉を意味するんだよ」

僕もそうリュウズさんに聞いた。リックは頭をさすってカイくんに怒りながら言った。

「じゃああれじゃん。この町を〈夏向嵐〉から救ったフウガさんの息子のアーチが、今度は町の模型を燃やして新しく再生させるんだから、まさにぴったしじゃん」

カイくんが、すごい感心した顔で、今度はリックを抱きしめた。

「すごいよリック。その通りだ」

リックは嫌がって大声を上げて逃げ出したけど。

マッチタワーコンクールへ

僕が描いた作品のスケッチを見せに、リュウズさんの家にみんなで出かけた。アミもメグも一緒だ。

リュウズさんは前と同じようにしわくちゃの顔で笑って出迎えてくれて、どれどれと僕が持ってきたスケッチを見た。しばらくの間、ずーっと見つめて黙っていた。あんまり長い間黙っているから、心配になってみんなで顔を見合わせたんだけど。

「アーチよ」

「はい」

「これはもう、儂みたいなマッチ職人風情がどうこう言うものじゃないな。ただただ素晴らしい」

リックがほらみろ！ と言って僕の背中をたたいた。

「儂に出来るのは、ただマッチの燃え方を入念に教えるだけだ。この作品に命を吹きこむためにな」

リュウズさんはそう言って、リックとカイくんに水の入ったバケツをアパートの中庭に運ばせて、アミとメグにはたくさんのマッチの見本を持たせた。石畳の中庭にバケツを置いて、リュウズさんは小さな椅子に腰かけた。

「さて、よく見ておけよ」

「はい」

「普段使っているこの赤い頭のマッチは、ほれこの通り」

マッチを擦って燃やした。黄色い炎が出る。

「基本的には黄色だ。白っぽいとも言える。ところがこいつを三本ほど重ね合わせると」

炎はオレンジ色になった。

「一瞬だがな。この青い頭のマッチはと言うと」

擦ると、緑色の炎が上がって、すぐに黄色になる。

「こいつもそうだ。縦に重ね合わせれば緑は赤っぽくなるし、逆に横に組み合わせると、炎の温度が低い上の方はさらに濃い緑に見える」

リュウズさんがいろいろやってくれるマッチの燃え方といろんな色の炎を見て、みんなが感心していた。カイくんがしっかりとメモを取って、アミがいろいろなマッチの組み合わせ方を絵に描いてくれている。僕は、しっかりと見てイメージを忘れないようにしていた。

「軸は、普通に売られているマッチには燃えにくい木を選んでいるが、逆に燃えやすい木を使ったものもある。変に堅いものを使ってしまうと、ほれこのように」

燃え尽きた軸は炭になってふにゃあと変な形になってしまう。

「このままでは少し見苦しいな。だから、あっさりと灰になってしまう種類のものを使えば、美しいという場合もあるし、枠組みがきれいに残った方がいい場合もある。それはお前さんの判断だ」

そうやって、一時間ぐらい、リュウズさんは僕にマッチの組み合わせ方を教えてくれた。ものすごく助かった。こんなこと僕一人じゃ絶対にわからなかったから。

二週間かけて作った僕の作品は、〈ウィンダイアリー新聞社〉の人が写真とフィルムを撮ってくれた。一次審査で落ちたらどうしようと思っていたけど、最終審査に残ったという手紙が来て、ホッとした。

当然、ってリックやカイくんは言ったけど、町の大人の人たちはものすごいことだって騒ぎだして、審査結果通知が届いた夜は、たくさんの人が僕の家に来てお祝いをしてくれたんだ。そうすると急に家の庭がパーティ会場になって、ヨォさんやシュウレンさんやアカリママがたくさんの料理を作ってくれてどんどん人が集まってきて大騒ぎになってしまった。

家の庭からも見える〈サイレントウォール〉。そこが最終審査の会場になる。もう二日ぐらい前から準備が進められていて、あちこちに資材やテントが建っているのがわかる。

「いよいよだな」

僕が庭の端で〈サイレントウォール〉を見ていると、父さんが僕の横に立って言った。

「うん」

「気負わずに、いつも通りにやればいい」

「わかった」

父さんが大きな手で、僕の背中を軽くたたいた。

〈サイレントウォール〉は大昔の戦争のときに浜辺に作られた大きな大きな壁だ。もうその戦争のことを覚えている人はほとんどいなくなってしまったけど、この壁の海側には砲弾の跡も残っている。この壁は、おろかな戦争を二度と起こさないようにって意味を込めて残されているんだ。

全体に「(」の形をしていて、長さは三十メートル、高さは六メートル、厚さは一メートルもある巨大な岩の壁。

壁の前には作品をのせる大理石のテーブルがおいてある。その大きさが幅が二メートルで長さは三メートル。作品はこのサイズに収まるように作らなきゃならない。

マッチで作るから、コンクールに出品する作品はすごく壊れやすい。接着剤を使っていくけど、その接着剤も燃え方に関わってくる。人によってはなるべく接着剤を使いたくないって人もいるし、使っても運搬の途中で壊れてしまうことがある。だから、最終審査に通った作品は、最終審査会場の〈サイレントウォール〉の目の前の空き地に組み立てられるそれぞれの専用テントの中で、二週間の間に作らなきゃならないんだ。今年は僕を入れて全部で十一人が最終審査に残っている。

作品造りが始まった日には、世界中から十人のすごいアーチストが集まってきた。ロッカさんとガラさん、リーさんには、前に会ったことあるし、その他の人たちみんなが僕のテントにやってきて「リトルアーチスト。会えてうれしいよ」と言って握手をしてくれた。

学校は特別に休みをもらって、二週間そのテントで僕はずっと作品を作っていたんだけど、すごく楽しかった。こんなに集中して作品を作るのは初めてだったから。そしてテントにはたくさんの人が激励に来てくれたんだ。

駅長さんはわざわざ遠くの町に行ってお菓子を買ってきてくれた。学校の先生は休みの間の勉強をプリントにしてくれて、セージさんやリックやカイくんやメグやアミがいろいろ教えてくれた。アカリママやユーミさんやマイカさん、ミズヤさんは交代でキサとトアの面倒を見てくれた。

マッチをたくさん提供してくれたのは〈ウィングマッチ工場〉の工場長さんやリュウズさん。ヨォさんやシュウレンさんは、食べものの差し入れやテントの中を快適に過ごせるようにしてくれた。

みんなが、頑張れと言ってくれたんだ。

それはきっとキサとトアのこともあると思う。〈白夜の国〉に行くって話はもうみんなが知っている。キサとトアはそれで治るんじゃないかって言う人もいる。どうなるかはわからないけど、町のみんなが僕とキサとトアのために協力してくれて、本当に嬉しかった。

父さんは、テントには顔を見せなかった。

もちろん頑張れと言ってくれたし、いろんなことを全部やってくれたけど、父さんがテントに顔を出して作品造りを見ていると、風の流れについていろいろとアドバイスしたくなって、それはやっぱり反則だろうからなと言ってた。

僕もそう思う。やっぱり自分の作品は自分だけで作らなきゃダメだと思う。

ドウバさんが来た

いよいよ明日が審査の日の夜。僕は最後の仕上げをしていて、テントには他に誰もいなかった。集中したいだろうからって、最後の日はみんな来ないよと言ってたから。でも、夜の十時ぐらいに、誰かがテントに近づいてきたと思ったら、声がしたんだ。

「アーチ。入っていいかな」

びっくりした。アミのお父さんだ。

「どうぞ！」

ドウバさんはゆっくりとテントの入口を開いて中に入ってきて、ランプに照らされた僕の作品を見て、大きく眼を見開いて、びっくりした顔をした。

「すごいな！　すごいぞアーチこれは！」

パン！　と手を打って、嬉しそうに笑った。

「お世辞じゃないぞ。これは、オレが今までの人生で見た最高のマッチタワー作品だ！」

あんまりにもドウバさんがうれしそうなので、僕もうれしくなってうなずいてしまった。ドウバさんは、僕の顔を見て、それから急に何かに気がついたみたいな顔をして、なんだかもじもじしていた。

「あー、いやそのなんだ。忙しいところ悪いな」

「大丈夫です。もうほとんど終わってますから」

そうかって、ドウバさんがつぶやいた。

「あのな、アーチ」

「はい」

なんだか、すごい言いにくそうな顔をするので、きっと父さんとのことだなって思った。もうあの記事は掲載されたから、アミも昔と同じように僕の家に来られるようになっている。なのに、どうしたんだろう。

「アミがな」

「はい」

「淋しがってな。オレがな、しばらく学校以外でオマエに会うなって言ったら、最初はものすごい怒っていたんだけどな、あの子は良い子だ。しぶしぶオレの言うことを聞いたさ。でもな」

僕を見た。

「ずーっといつでも泣きそうな顔をしてやがった。実際に家でも泣きやがった。元気もまるでなくなっちまった。別に学校で会えるんだからよ。いいじゃねぇかと思っていたんだが、違うんだな。オマエにわかるかな」

なにがだろう。

「あいつは、もうオマエといっつも一緒じゃないと、いつでも会えないとダメなんだな。それぐらいオマエのことが大好きだってことだ」

僕のことを。

「オマエはどうなんだ？」

「大好きです」

僕はいつも何かをやっているから、会えないからって泣いたりはしないけど。でもアミが家に来られなかったのは淋しかった。そう言うと、ドウバさんはそうかってうつむいた。

「漁の件でな、どうしてもオマエの父さんと仲良くできなくなっちまった。だから、オマエとアミを会わせることもできなかった」

「はい」

「たまによ、こっそりどっかでオマエと会ってきた日はすぐにわかるんだ。あいつはニコニコしてる。それを見るのがまた辛くてな」

ドウバさんは苦笑いして、ちょっとだけ頭を動かした。

「悪かったな。オレもやりたくてやってたわけじゃない」

わかると思うからうなずいた。ドウバさんだって、立場があるんだ。大人はいつもそういう立場ってやつで生きている。それで社会が動いている。それが大変なことだっていうのも本当にはわからないけど、理解はできると思う。

「まぁいろいろあったけど、オマエとは一度話しておかなきゃならないと思ってよ」

「はい」

大丈夫ですって言ったら、ドウバさんは少し笑った。それから、まぁそういうことだって言って、魚の燻製を食べろって言って出してきた。じゃあ明日頑張れよって言って帰ろうとしたけど、思い出したように立ち止まって言った。

「それからな」

「はい」

「セージの野郎よりいい男になれよ」

セージさんより。それは少し難しいかもしれない。

「アミはあいつと一緒になる気はまったくねぇからよ。オマエはセージよりいい男になれ」

そう言ってドウバさんは笑った。

最終審査

ものすごくキレイに晴れた日。不思議なことだけど、この〈マッチタワーコンクール〉の最終審査の日はいつも晴れているそうだ。雨が降ったことは一度もない。特異日っていうらしいんだけど。

午後一時から始まる審査に合わせて、たくさんの人が〈サイレントウォール〉の前に集まってくる。あちこちの町や外国からのお客さんもたくさんやってきて、この日だけはこの町の人口はいつもの五倍ぐらいになるって駅長さんは言ってる。臨時列車も走るから駅長さんは大忙しで、実はこの最終審査をまだ直接見たことがないんだってぼやいている。

会場はあちこちに飾りつけがされて、朝からたくさんの出店も見せ物の小屋も立ったりするんだ。学校もマッチ工場も町のお店もほとんどがお休みだ。

僕はキサを連れて、みんなと一緒に出店や見せ物を見て回る。もう作品は風よけのケースに入って会場に並んでいるし、本番の時に火を点けるだけ。トアは審査を見られなくて残念だけど、お祭りは夜まで続いてるから大丈夫。

アミもメグもリックもカイくんも一緒に会場をぐるぐる回っていた。僕はたくさんの人から作品をほめられた。歩いているとあちこちから声がかかって、その度に頭を下げていた。作品だけなら、僕がトップだって言う人もいたけど、まだわからない。火を点けて、初めてマッチタワーは完成するんだから。

「ドキドキするね」

「ゼッタイアーチがグランプリだって！」

カイくんとリックが言って、アミもメグもうなずいていた。そうなればいいなって思うけど。

係の人が呼びに来て、僕はキサをアミに預けて〈サイレントウォール〉の前に行った。十一の作品が大理石のテーブルに順番に並べられている。僕の順番は最後だ。

ブラスバンドがファンファーレを鳴らして、あちこちで大騒ぎしていた出店や見せ物小屋も静かになる。みんなが一斉に〈サイレントウォール〉の方に目を向ける。お客さんがいる方は山裾で少し斜めになっているから、ちょうどみんなが審査を見られるようになっている。

司会者が、いつものように最終選考に残った人たちの名前を読み上げて、作品を紹介していく。僕も最後に名前を呼ばれて、皆が拍手をしてくれた。

マッチタワーは、あっという間に燃えつきる。

燃えているあいだ、会場の人たちは一言もしゃべらないで、息を殺して見つめている。火が消えて、作者がお辞儀をして終わりを告げると、拍手が巻き起こる。

他のアーチストたちの作品はすごかった。ロッカさんのもガラさんのもリーさんのも、他の人たちのも。それぞれのテーマや造形ももちろんだけど、計算され尽くした作品の燃え方も本当にすごくて、僕は自分の作品のことなんか忘れて見つめていたんだ。どの人がグランプリを取ってもおかしくないと思う。

素晴らしい美術作品は普通はずっと残っていく。百年後も二百年後も見る人に感動を与えるけど、このマッチタワーは一瞬だ。今この瞬間にしかその美しさを感じることができない。もう一度同じものを作ることはできるけど、まったく同じ燃え方を再現することは二度とできない。だから、余計に見る人に感動を与えるんだ。その美しさを心に焼き付けようって、みんなが真剣になるんだ。

ロッカさんが言っていた。マッチタワーの本当の素晴らしさは、消えてしまった美しさを皆が胸に抱いて、そこからさらに美しいものを追い求めるところだって。本当にそう思う。

僕の番が来て、会場の人がみんな僕の作品を見た。この町を、風がいつも吹いているこの町をモデルにした作品。

火を点けるのは特製の長いマッチ。タイミングは作者が自由にしていいので、僕は大きく一度深呼吸した。客席の一番前に、父さんもキサもアミもメグもカイくんもリックもセージさんも、マイカさんもシュウレンさんもヨォさんも、リュウズさんもミズヤさんもみんなが座って僕を見ていた。

〈サイレントウォール〉に阻まれて、ここには強い風が吹いてこない。でも、微妙な風がぐるぐる回っている。

風を感じよう。そう考えていた。空を見上げて、風を感じよう。そう思っていたときに、父さんが急に小さな声を上げて腰を浮かせた。

「アーチ！」

ぼくの名前を呼んだ瞬間、突風が吹いてきた。会場のあちこちでテントのはためく音が聞こえて、皆が顔を背けて、台の上に乗っていた僕の作品が風で飛ばされそうになった。

悲鳴が会場中から聞こえた。それからすぐにそれが溜息になった。

とっさに押さえたけど、作品がズレて台からはみ出た部分が崩れてしまった。そっと押し戻したけど、壊れた部分はどうしようもなかった。他のアーティストの人も飛んできてくれたけど、みんな溜息しか出なかった。司会者の人も慌ててやってきて壊れた部分を見ていた。それからちょっと待っててくださいと言って、審査員の先生たちの方へ相談しに行った。

どうしようか。直すにしても、何時間で終わるレベルじゃない。僕は空を見上げた。

そのときに、気づいた。

あれは。

急に思いついて、司会者の人を呼んだ。

「あの、質問なんですけど」

「なんでしょう？」

「このままやってもかまいませんか」

「いいんですか？」

会場の人たちがざわざわしてる。

「審査員の人がいいなら、僕はかまわないです」

司会者の人がもう一度審査員のところに行って相談して、僕がそう言うならかまわないって結論が出た。それから僕はもうひとつ訊いてみて、それもいいですよと司会者の人が言った。

「アミ！」

僕は大きな声で呼んだ。それから、こっちへ来てって手招きしたんだ。そのときに父さんと眼があうと、笑って大きくうなずいて、隣に座っていたアミの背中を押してくれた。アミはびっくりした顔をして、急いで隣に来てくれた。

「なに？　どうしたの？」

「一緒に火を点けようよ」

「え？」

「僕と同じ気持ちになって、風を感じてほしいんだ」

アミは眼を大きくして驚いていたけど、すぐに笑ってうなずいてくれた。二人で長いマッチの軸を持って、静かに深呼吸した。

どうしてかはわからないけど、ここの真上の雲の色が少し変わっていた。あのとき、父さんと二人で〈泣き双子岩〉のところで見たのと同じ色。

きっと、あれが来ると思ったんだ。天空からものすごい勢いで吹き降りてくる突風。そしてそれはきっと、僕の作品をものすごい勢いで、信じられないぐらいキレイに燃やしてくれるに違いない。そう思った。

大丈夫。あれほどすごいものじゃないというのは感じた。もっと小さな、この僕の作品を燃やし尽くすのにちょうどいい風のはずだ。危ないものならきっと父さんが言ってくれるはず。

「手を引っ張ったら、すぐに台から離れて」

アミにそう言って、手を握って、その瞬間を待った。

誰かに呼ばれたような気がして、僕は手に持ったマッチを擦った。

そして、アミと二人で火を点けた。

僕が作った作品に最後の、そして新しい始まりの命を与えるために。

[WINdiary NEWS]　××六四年十月三十一日

準グランプリ。アーチくんのこの快挙を祝おうではないか。グランプリを逃したとは言え、彼はまだ十二歳だ。この先、何回でもチャレンジができるだろう。何より初めての参加で、たった一票の差で、準グランプリだったのだ。会心の出来だったことは、表彰式での彼の少しはにかんだ、しかし満足げな笑顔がすべてを物語っている。準グランプリとなった作品のタイトルは〈風の架け橋〉だった。

我が町には〈リトルアーチスト〉が、〈風のエキスパート〉の息子であり、風を友とできる〈風のアーチスト〉がいる。あらためて、それを世界に誇ろうではないか。

（Y・S記）

[WINdiary NEWS]　××六四年十一月二日

ロマンスが町を賑わせている。そのロマンスが取りざたされるようになったきっかけは〈水のエキスパート〉であるミズヤ氏の報告書だ。〈開かずの道路〉に関しては、今後一年をかけて行われる工事で、ほぼすべてが解決するだろうと発表された。ただ、〈カンクジョー〉に続く道だけは、様々な影響を考えると全面的な解決は不可能との判断だ。これに関してフウガ氏は、それもまた風情があっていいのではないかとのコメントを発表している。さらにミズヤ氏は、漁獲量の減少の原因は〈巨人の腕〉による潮の混乱が原因との憶測を完全に否定した。〈巨人の腕〉による潮の変化は一切認められず、減少の原因はあくまでも自然の流れであり、どこに原因があるものではないとした。ただし、ある一点を調整することによる、新たな展開の可能性を示唆した。これについては、別項を参照されたい。

さて、前述のロマンスだが、無粋な詳細記事はなしにしよう。誰もがそれを祝福しているのだから、後は酒場で杯を重ねて祝い、語りあおうではないか。（Y・S記）

Winter

リュウズさんの遺言

十一月の最初の土曜日。

リュウズさんが入院した。

初雪が降った日にカイくんが学校に来るなりそう言った。

「死んだのか！」

リックが叫んでアミにおでこをたたかれていた。

「入院だって言ってるじゃない」

「どうしたの？　何の病気？」

カイくんは顔をしかめる。

「もう八十を越えてるんだからさ、どこが悪いとかそういう問題じゃないと思うよ。とにかく家政婦さんが倒れているのを見つけて、昨日の夜に町立病院に運ばれたって」

メグが心配そうな顔をする。

「お見舞い、行っていいのかな?」

「後で訊いておく」

朝には少し積もっていた雪は、学校から帰るころにはすっかりとけていた。アミとメグと三人で歩きながら、今年の雪は多いのかなどうかなと話していた。

僕が生まれた町には雪が降らなかったから、この町に来て初めての冬は本当に楽しくて外を飛び回ったのを覚えている。五年も経ったからようやく雪のある冬には慣れたけど、スキーはまだあまり上手くない。どっちかと言うとスケートの方が好きだ。

今年の冬は庭に大きな雪の家を作ろうとみんなで話していた。

去年の冬に作った雪だるまの家が好評だったので、今年はもっとすごいものを作って中に入れるようにするつもり。どこかの国ではその中で温かいものを食べたり、みんなで遊んだりしているって聞いたことがある。キサとトアも雪の家でご飯を食べるのを楽しみにしているんだ。

アミとメグはそのまま家に来て、三人で宿題をやっているとカイくんもリックもやってきた。

入院したリュウズさんの容態は安定していて、お見舞いは大丈夫だってカイくんが訊いてきたけど、でも、やっぱり当分の間は病院で暮らすことになるらしい。

「ひょっとしたら、そのままずっとかもね」

カイくんが言った。リュウズさんの身内の人は、この町には誰もいないらしい。

日曜日の昼間にみんなで病院に行くことに決めた。お見舞いには何がいいだろうと思ってマイカさんに訊いたら、マイカさんも初めて知ったらしくて驚いていた。

「まぁもういい年だからね」

食べるものはいろいろと制限があるだろうしねぇと悩んでいた。

「あなたたちが顔を出すことがいちばんのお見舞いだろうね。あの人はお孫さんもいないし」

そうは言っても手ぶらじゃなんだとリックが言って、結局僕が描いた絵をきれいな額縁に入れて持っていくことにした。〈マッチタワーコンクール〉のときに描いた町のスケッチに、色鉛筆で色を付けたものだ。

「あぁ、いつもの五人か」

病室のベッドに寝ていたリュウズさんは、思ったよりも元気そうでホッとした。枕を高くして凭れていたし、声にも張りがあった。

僕はよく覚えている。病気で入院してしまった人が、どんどん元気がなくなっていく様子を。母さんのことを。だから、今でも病院に行くのはあまり好きじゃない。もっとも病院が好きっていう人もあんまりいないだろうけど。

「これ、お見舞いです」

アミが僕の絵を出すと、リュウズさんは眼を大きくして喜んでくれた。看護婦さんに頼んでベッドの正面の壁に飾ってもらった。

「いい絵だ。町が、元気になっている」

そう言うと、僕たちを見回した。

「わかるか?」

リックが首を傾げる。

「わかんねぇ」

カイくんが頭をたたくのを見て、リュウズさんはしゃがれた声でおかしそうに笑う。

「ちょうどいい。まぁ立ってないで、座ってくれ」

二つあった椅子にアミとメグが座って、リックとカイくんは窓枠に凭れた。僕はリュウズさんのベッドの足元の方に腰を下ろした。

「儂はここで生まれた」

ひとつ大きく息をしてリュウズさんが話しだした。

「この町は、いい町だった。もちろん始終風が強かったり〈夏向嵐〉があったりして、決して住みやすいという町じゃなかったが、風があるということは、空気が淀まないということだ。なんと言っても美しい海がある。水平線に昇る朝陽と沈む夕陽が同じ場所で見られる町というのも、そうそうあるもんじゃない。だから、それなりにいい町だった」

みんながうなずいた。なんとなくわかる。

「だがな、あまりにも続く強い風や災害は、やはり人の心に荒れたものを根づかせる。馬鹿げた〈いけにえ〉や、町の中でのいさかいや、荒れたままの道路や、そういうものが長い間はびこって、きっとそのまま時代が進んでいれば、遠からずこの町は寂れるだろう。そう思っとった。だから、双子が産まれても儂はこの町を出て行かなかった。なんとかしたいと思っていたからだなぁ」

リュウズさんは、僕を見た。

「時が経って、アーチの父さんが来てくれた。皆の憧れの〈エキスパート〉だ。なぁ、何故、〈エキスパート〉たちがこんなにも尊敬を集め、皆に慕われるかわかるかな?」

「カッコいいから?」

リックが言うと、リュウズさんはうなずいた。

「何故、カッコいい?」

「能力を持っているから、かな?」

カイくんが言うと、リュウズさんはまたうなずく。

「どれも正解だが、いちばん肝心なところを見逃している。アミやメグはどうだ」

アミが眉の間にシワを作って考えていた。メグも首をひねっている。リュウズさんは窓の外を見た。窓ガラスが曇っていて外は見えないけど、降りだした雪で道路も家も山も白くなっているはずだ。

「自然、ですか?」

アミが言った。その言葉にリュウズさんは大きくうなずいた。

「人の歴史は、自然との戦いの歴史でもある。山を切り開き、海にこぎ出し、荒ぶるものを静めようと人間は戦ってきた。もうすぐ降り積もる雪も町にとってはやっかいなものでしかない。雪かきは老いた身にはこたえる。だがな」

みんなの顔をリュウズさんは見回した。

「雪は春に芽吹く芽を強く育てるものだ。風は淀んだ空気を運び去り、水は命を育む」

一息ついて、水差しから水を飲んだ。

「〈エキスパート〉の彼らは、そういう自然を友とする。逆らわず彼らの声を聞き、彼らと同じ歌を謳い、彼らの血を感じようとする。だから自然は彼らに応えてくれる。彼らがそこにいるだけで、草は大きく伸び、花は大輪の花を咲かせ、実はたわわに実る。それは、彼らが自然をあるがまま素直に受け入れ、そしてそれをまた自然に返す。そういうことがごく当り前のようにできる人間だからだ。普通の大人にはできないことを、彼らができるから、尊敬をあつめる。慕われる。彼らは決して自然と戦っているわけではない」

リュウズさんは、もう一度みんなの顔を見回して、だがな、と続けた。

「それは何も特別なことじゃない。大人になると難しくなってしまうが、おまえたちのような子供たちには当り前のことだ。リック」

「はい」

「雪が積もったら、楽しいな?」

「楽しい。スキーできるし、雪合戦とかも」

「アミ」

「はい」

「暑い暑い夏の日は、何がうれしい?」

アミはちょっと眼を大きくして、笑った。

「泳げるから、うれしいです」

リュウズさんは、大きくうなずいて、にっこりした。

「アーチよ」

「はい」

「今、儂が話したことを、遺言として覚えておいてくれ」

遺言。

みんなが急に真面目な顔になった。

「子供が子供のままでいられるなら、それは皆が自然を友とする〈エキスパート〉だということだ。大人になることは決して悪いことではないが、いつかそれを忘れてしまう。だが、この遺言を覚えていてくれたなら、きっとみんなの住む町はどんどん良くなっていく」

僕の絵に眼をやって、いい絵だ、とリュウズさんはまた笑った。

「この町がこんなにもよくなってくれたのは、〈風のエキスパート〉のフウガさんが居てくれたからだ。〈水のエキスパート〉が来てくれたからだ。彼らがこの町にもたらしてくれたものの大きさは、計り知れない」

アーチよ、とリュウズさんはまた僕の名前を呼んだ。

「はい」

「この世界は、皆がそう望めば素晴らしいものになるんだと、皆に思い出させてくれ。その才能で、この町から、多くの幸せや希望をあちこちに運ぶ架け橋になってくれ」

その名前の通りにな。

そう言って、リュウズさんは、ゆっくり眼を閉じた。

ものすごく驚いたけど、リュウズさんは眠ってしまっただけだった。

病院を出てからリックが、おどかすんじゃねぇよじーさん！　って怒っていた。

父さんの話

リュウズさんのお見舞いに行った次の日。

急に暖かくなって、まるで秋の始めみたいな日で、夜になっても上着がいらないぐらいだった。

みんなで〈海岸亭〉でご飯を食べて戻ってくると、〈カンクジョー〉にアカリママが来ていた。いつもなら〈ハーバーライツ〉を開けている時間だから珍しくて、トアが喜んで飛びついていったんだけど、しばらく相手をしてトアが満足したころにマイカさんがトアを部屋から連れていった。

そして僕は、父さんにちょっと話があると言われて、居間に残っていたんだ。

「アーチ」

「うん」

アカリママがソファに座っている。その隣に父さんが腰掛けて、僕はその向かい側に座っていた。

「実は、父さんは」

「うん」

「アカリママと結婚したいと思っている」

きっと僕の眼は今までの一生の中でいちばん大きくなっていた。

驚いた。

本当に驚いた。

全然、まったくそんなことを考えていなかったから。

父さんが再婚するなんて。そしてその相手がアカリママだなんて。

僕があんまりびっくりして何も言えなかったので、目の前に座ってた父さんとアカリママが心配そうな顔をして言った。

「お前が、反対とか、嫌なら無理しなくてもいい。今まで通りでも、このままでも父さんも、アカリママも構わないんだ」

アカリママもごめんねって謝るからあわてて僕は首を横に振ったんだ。

「そんなことない！　びっくりしただけだよ。全然嫌じゃないよ」

アカリママが、本当に僕やキサやトアのママに、お母さんになる。

もう一度よく考えてみて、じっと僕をみている二人の顔を見て、また考えているうちに僕は嬉しくなって、ほっぺたがゆるんできてしまった。

「反対なんかしないよ。するはずがない。すごくいいことだと思う。きっとキサやトアも大喜びする」

「お前は？　喜んでくれるのか？」

父さんがもう一度真剣な顔をして訊くので、うなずいた。

「もちろん！　アカリママがお母さんになってくれてこの家にずっと居てくれるなら、

本当にうれしいよ」

そう言ったら、今まで心配そうな顔をしていたアカリママは急に泣きだしてしまって、父さんと二人であわててハンカチを出すやら立ち上がろうとしたらコーヒーをこぼしてしまったりでバタバタしてしまった。


日曜日に庭で落ち葉を集めて焚火をしていた。山がすぐそばにあるから風で落ち葉がどんどん降ってきて、放っておくと庭がすごいことになるんだ。だからいつも雪が積もる前にこうやって焚火をする。

庭のチャビンとランジェットは冬になると家の中に入れなきゃならないんだと思っていたけど、カイくんが調べたらチャビンもランジェットもかなり寒い雪国のウサギで、そのまま外で飼った方がいいそうだ。でも小屋の中には藁を敷いたり雪が入りこまないように工夫をしなきゃならないので、リックと二人で後でやることにしていた。

父さんとアカリママの結婚が町の新聞にも載ってしまって、みんなその話を聞きたがって大変だった。

「本当に大丈夫？」

アミがそう訊くので大丈夫だよって笑った。

死んじゃった母さんのことを僕はまだはっきり覚えている。でも、母さんとアカリママを比べることなんかできない。母さんは母さんで、アカリママはアカリママ。

父さんがずっと一人で頑張ってきたのはわかってるし、母さんもきっと喜んでくれると思ってる。アカリママは本当にキサやトアのことを可愛がってくれるし、いい人だ。僕たちのことを真剣に考えてくれる人だっていうのはどちらも同じだ。

「キサちゃんトアちゃんは？」

「もう、二人ともウサギみたいに飛び跳ねていた」

キサとトアは、死んだ母さんの記憶はほとんどないと思う。だから小さい頃からずっと家に遊びに来るアカリママのことを、僕や父さんが〈ママ〉と呼んでいるから、本当のママだと思っていたこともあるぐらい。これからはずっと一緒に居られるっていうのがとんでもなく嬉しかったみたいだ。

「夜、ずっと起きてるのにも慣れてるからちょうどいいよな」

リックがそう言うとみんなが笑った。

「〈ハーバーライツ〉はどうするんだろうね」

「ユーミさんが新しいママになるんだよ。二代目ママだね。ユーミママ」

「アカリママのことは何て呼べばいいんだ？」

「アカリさん、でいいんじゃない？」

結婚式は、十二月二十日。

偶然なんだけど、父さんもアカリママも誕生日が十二月でそれぞれ日付は八日と十二日。だから足して二十日と決めたらしい。

式は図書館で。もともと教会だった図書館はこの町の人の結婚式にもよく使われる。もちろんそのときのために本棚はちゃんと移動式になっていて、たくさんの人が座れるようになる。

「トアちゃんが出られないのが残念だね」

「パーティを夜にやるから大丈夫」

「〈白夜の国〉は惜しかったよなー」

リックが言ってカイくんに頭をこづかれていた。その話はもうするなって。

世界旅行の代わりに〈白夜の国〉に行けなかったのは残念だけど、それはしょうがない。早く三人で一緒に遊んだり食事をしたりしたいけど、あせってもしょうがない。今のままでも、キサやトアはみんなに愛されて幸せなんだ。

「ケンさんは、天国に行ったかなぁ」

アミが〈ナナシ沼〉の方を見て、言うので、みんなで山の方を見上げた。

「行った。ちゃんとミズヤさんがみんなに説明してくれて、フウガさんとお父さんも仲直りしたし、アカリママの結婚も決まったし、大喜びして天国に帰っていったよ、きっと」

アミが言う。僕もそう思うし、みんなもそう思ってる。あの後、トアが写真を撮りに行っても写らなかった。

ケンさんは、みんなを幸せにするために、あそこに現れたんだから。

ミズヤさんの調査で、基本的にこの町では海と地下を結ぶ大きな範囲で水の流れが留まっていて、それが〈開かずの道路〉の原因になっていたことがわかった。それは、この後、町のあちこちで水の流れを少しずつ良くする工事をすることで、解決するってミズヤさんが言っていた。

もうひとつ大きなことがあって、海と〈ナナシ沼〉の水流のラインをしっかりと結ぶことで、この辺の海がもっと滋養豊かになって、養殖なんかにも適したものになるだろうってことなんだ。風をもう少し押さえるために風車を父さんが調整すれば、波ももっと穏やかになる。魚が取れなくなってるのは自然の流れでどうしようもないけど、養殖を始めることでそれをカバーできるだろうとミズヤさんは発表したんだ。それで、父さんとドウバさんも前のように〈ハーバーライツ〉で一緒にお酒を飲めるようになった。

そして、アカリママと父さんの再婚も、ようやくみんなに祝福されるようになった。その問題が持ち上がってしまったから、ずっと二人で隠していたんだそうだ。

だから、ケンさんはあそこに現れたんだ。キサやトアに姿を見せて、ミズヤさんにわかってもらって、全部を解決してもらえるように。

アカリママに、再婚して幸せになってほしいって思ってることを、わかってもらうために。

「訊いちゃいけないような気がしてさ」

めずらしくリックがそんなことを言った。

「何を？」

「〈いけにえ〉のことさ」

あぁ、とカイくんもうなずいた。

「なんで双子が死ぬと〈夏向嵐〉が止んだかってのは、結局わからないのか？」

みんなが僕を見た。実は僕も気になって父さんに訊いてみた。でも。

「正直なところ、きちんと説明できる形では、わからないって父さんもミズヤさんも言ってる」

「やっぱそうか」

「〈エキスパート〉だって万能じゃないんだよ。わからないことだってあるよ」

カイくんが言って皆がうなずいていた。それはもちろんそうだけど、でも、父さんは言っていた。

「説明のできないできごとっていうのは、たくさんあるんだって。でも、それをひとつひとつ解き明かしていくのが〈エキスパート〉の、そして僕たちの宿題だって」

「宿題？」

リックがイヤそうな顔をした。

「たくさんのわからないことを知ろうとする気持ちがいちばん大切。それは勉強のことだけじゃなくて、どうやったらもっと上手く組み立てられるかとか、美味しい料理を作れるかだとか、そういうこと。そういう気持ちを忘れないようにしてくれって」

父さんはいつもそう言う。


父さんとアカリママの結婚式の日。

その日の朝にロドウさんから手紙とたくさんの荷物が届いた。みんなで慌てて手紙と荷物を開いた。荷物は、僕の盗まれた作品で、半分ぐらいが届いていた。

手紙を開いて読んでいた父さんにマイカさんが言った。

「どう？　なんて書いてあるの？」

父さんがうなずいて読み始めた。

「どうやら元気そうですよ。『前略。なにひとついいわけできないですまない。あの日からずっとあの野郎を追いかけていて、ようやくアーチの作品を半分取り返した。しかしまだあいつは逃げ回っている。作品も半分は行方不明だ。絶対に、絶対にあの野郎をとっつかまえて、作品も全部回収して必ず送り届ける。それしかオレにできるわびはない。アーチにも、フウガさんにも、町の皆にも謝るのはそれからにする。町を追い出されても仕方ないが、できれば、作品を全部取り返したら、一度帰ることを許してほしい』」

父さんは、少しだけ間をあけて少し眼を大きくした。

「アーチ、お前の作品以外の包みはないか？」

あった。すごくきれいな箱に入っている食器セット。

「『御結婚おめでとうございます。どうか受け取ってやってください』、だってさ」

父さんとアカリママの結婚祝いだったんだ。でもどうして知ってるんだろう。父さんに訊くと、Y・Sさんだろうなって言った。あの新聞記者のY・Sさん。

「いい品物じゃない。まがい物じゃないわよ、これ」

マイカさんがコーヒーカップを手にして言った。

「早く帰ってくればいいのにな」

父さんはそう言って苦笑いしていた。僕もそう思う。ロドウさんのパイプの匂いがしない家の中は少し淋しい。


式の帰り道に、ミズヤさんが、まだ内緒だけどって話してくれた。

この町での仕事が全部終わったら、またミズヤさんは〈エキスパート〉の仕事で遠くへ行くそうだ。それはとてもむずかしい仕事で、一人じゃできそうもない。

「できればフウガさんと一緒に行きたいと思ってる。向こうからもそう頼んできてるんだ」

いいと思う。父さんは世界でも数少ない〈風のエキスパート〉だし、みんなから必要とされている。アカリママが家にいてくれるようになれば、父さんは昔みたいに安心して遠いところへも出掛けられるし。そう言うと、ミズヤさんはにっこり笑った。

「実はね、今度行くところは、〈白夜の国〉にすごく近いんだ」

「そうなの？」

だから、ってミズヤさんは続けた。

「キサちゃんとトアちゃんも連れていけるんじゃないかなって、今考えているんだ」

向こう側の受け入れ態勢とか、いろいろ問題はあるけれど、もう家にはアカリママもいるからアーチくんと二人でいられるし、うまく行くんじゃないかなと言った。

「でも、まだ内緒」

風車の管理の問題とかいろいろ考えなきゃならないことは多いそうだ。うまく行けばいいと思う。

良い考えを思いついた。

「僕が一人で留守番するから、父さんとアカリママとキサとトアで行けばいいんだ」

「なんでアーチくんだけ？」

不思議そうな顔をするミズヤさんに言った。

「風車の管理はできないかもしれないけど、変化の報告ぐらいはできると思う」

父さんは、確かに僕に〈風のエキスパート〉の資質があると言った。うぬぼれるわけじゃないけど、きちんと教えてもらえば毎日の変化の報告ぐらいはできるんじゃないか。管理の方だって簡単なことぐらいは教えてもらえばがんばってやる。

そして。

「キサとトアのおまけはついているけど、ハネムーンができるよ」

キサとトアがいるから、結婚しても旅行ができなくてかわいそうだなって思ってたんだ。二人とも再婚だからそんなのはしないよって笑っていたけど。

ミズヤさんは、それは良い考えだって笑った。

「向こうでのキサちゃんとトアちゃんの面倒は僕だって見られるしね」

そうすれば、二人きりの時間だって作れる。なんとか二人で秘密に計画してみようと決めたんだ。

大丈夫だ。〈カンクジョー〉にはシュウレンさんもマイカさんもヨォさんもいる。ロドウさんもきっと近いうちに帰ってくる。

そして、アミもメグもカイくんもリックも遊びに来てくれる。

長い間、留守番したって淋しくなんかない。

クリスマスの日

ちょうど土曜日だったので、みんなが集まって夕方からパーティをした。夕方からならキサもトアも同じパーティに参加できる。

本当のママになったアカリママに作ってもらったケーキを、キサもトアも美味しいと喜んでいた。親子水入らずを楽しんでからの方がいいってみんなが気を使って、夜になってからマイカさんもミズヤさんもユーミさんも、それからいつものみんなも集まってきた。

「まぁでも、いつもと変わんないよな。去年だって一昨年だってこうだったし」

リックがそう言って今度はメグに頭をこづかれていた。

「ねぇ、トアちゃん」

ユーミさんがトアの隣にしゃがみこんで、思いっきり笑顔で言った。毎年のことだけど、クリスマスの日は〈ハーバーライツ〉はお休みする。

「なにー？」

「お願いがあるんだけど」

「トアに？」

「ユーミ姉さんにプレゼントくれないかな」

ユーミさんはキサとトアにはユーミ姉さんと呼ばせている。トアはそう言われて眼を大きくして、きょとんとした顔をした。

「キサトアの歌、歌ってほしいんだけど！」

それを聞いたミズヤさんも、慌てて僕もきかせてほしいとお願いを始めた。トアは、急に二人に真剣な顔でお願いされたのがなんだかうれしかったらしくて、いいよーと答えるとすぐに歌い出した。

ちゃくちゃく
ちゃくちゃく
かぜのほころび　みずのつなぎめ
ちゃくちゃく
ちゃくちゃく
ながれるだいち　さえずるみどり
ちゃくちゃく
ちゃくちゃく
ほしのとまりを　むねにうけよう
ほしのめざめを　いしにきざもう

ミズヤさんは慌てて用意したテープレコーダーにようやく歌を録ることができて大喜びしていた。

ロドウさんからまた荷物が届いていて、クリスマスプレゼントです、と手紙が添えてあった。

アミとメグ、アカリママとユーミさんの女の人たちには知らない国のきれいな首飾りやブローチ。父さんには暖かそうなジャケット。その他の男どもには適当に配ってくださいって葉巻や煙草やアンティークなカフスボタンやペーパーウェイトが入っていて、ミズヤさんも喜んでいた。明日セージさんやリュウズさんにも持っていってあげようと話した。

カイくんにはまた分厚い本、リックには大きな帆船模型、僕にはシルバーの円筒形ケースに入った携帯用の水彩画セットだった。

来年のクリスマスは一緒に〈カンクジョー〉で過ごしたいです。

そう手紙に書いてあった。

「一緒に、ですね」

アカリママがつぶやいた。

「全員で過せたらいいでしょうね」

ロドウさんも、眠っているキサも起きていられるようになって、一緒に。そういう意味だと思った。

少し考えてから父さんは言った。

「最近、考えているんだ」

ぐるっとみんなの顔を見回した。

「この星ではどんな場所でも、多少の違いはあっても春夏秋冬、星のめぐりによって季節が訪れる」

そうですね、とミズヤさんは言う。

「私たちにとって、いちばん大事なところですね」

父さんはうなずく。

「そしてキサとトアは、星のめぐりに純粋に導かれて生まれてきた子供なんじゃないかと」

「導かれて？」

ミズヤさんが少し身を乗り出した。

「昼と夜に象徴される星のめぐりに。いわば、私たち〈エキスパート〉の原初たる部分」

「それは、光と闇ってことですか？」

ユーミさんが言って、父さんは苦笑いした。

「人間はそういうふうに言葉で分けてしまう。でも、星のめぐりは、この世に存在するものは、すべて分けられるものじゃないんだ。常に動いて、繋がっているのだから」

父さんはこくりとコーヒーを一口飲んだ。

「国と国、光と闇、昼と夜、見えるものと見えないもの。でも、それに囚われると、自分の周りしか、今居る時間しか考えないようになってしまう。それは、私たち〈エキスパート〉がもっとも恐れることだ。自分の周りしか考えないと、繋がりとバランスを壊してしまう。今この瞬間にも、どこかでは花が咲き、どこかでは嵐が吹き荒れ、何かが眠り何かが目覚める。この世界には境界線などどこにもない」

ミズヤさんが頷いて、ケーキを一生懸命食べているトアを見てから言った。

「キサちゃんとトアちゃんは、そのことを純粋に顕しているんじゃないかということですね？」

そうなんだ、と父さんは続けた。

「だからもし、キサとトアが一緒に遊べるようになったときには、なるということは、その使命を終えたときで、またそこから新しい何かが生まれるのかもしれないとね」

そんなことを考えるんだ、と父さんは少し笑った。ミズヤさんは父さんに〈白夜の国〉

に一緒に行こうと伝えたそうだから、そのことを言っているんだろうなと思った。前にも父さんは言っていた。そのときが来たなら、なるがままに。あるがままに。


工房で作業用の椅子に座って、目の前の粘土を眺めていた。

今日はみんな泊まっていくのでそれぞれのんびりしている。冬の夜は外で遊ぶことがあまりできないので、トアも部屋の中で本を読んだり絵を描いたりしていることが多い。

カイくんはテーブルのところに座って貰ったばかりの本を広げた。リックもテーブルに帆船模型の設計図をひろげて、メグと二人でこれは手強そうだとうなっていた。

アミが僕の隣に座った。

「今度は何を作るの？」

僕は少し笑って答える。

「船」

船？　とアミが繰り返した。内緒にしていたんだけど、クリスマスだから教えてもいいかなと思う。

「ドウバさんに頼まれたんだよ」

「お父さんに？」

驚いていたアミと顔を見合わせた。みんなもこっちを見た。

「この間、航海や漁の安全を祈る何かを作ってほしいって言われたんだ。セージさんのお父さんも一緒だったよ」

それを港に飾りたい。ドウバさんはそう言っていた。


また僕は考えるんだ。

今度は、何を作りたいかじゃなくて、そこにこめられる願いや思いをどうやって形にしたらいいんだろうって。

どうしたら、それが伝わっていくんだろうかって考える。

大切な人を守ってくださいという思いをどうやってこめればいいんだろうか。見た人が幸せな気持ちになるものを。いつまでも心に残るものを。

考える。

そんな気持ちになれる船を。

アミが隣に居て、見てくれている。

だから、ずっと僕はそうしていられる。

そして、夢を見たんだ。

港に大きな客船が入ってきて、それには遠い国から仕事を終えて帰ってきた、父さんとアカリママとキサとトアが乗っているんだ。もちろんミズヤさんも。ロドウさんも。そして、タラップにみんなが現われたときに、キサの隣にはトアが、トアの隣にはキサが、二人で手を繋いで、大きく僕に向かって手を振るんだ。

そんな夢を見て、本当に幸せな気持ちで目覚めたんだ。

[WINdiary NEWS]　××六六年四月三日

長らく国外に出ていた〈風のエキスパート〉フウガ氏が一年半ぶりに帰ってくる。もちろん、同行していた妻のアカリさんとキサちゃんトアちゃんも一緒だ。一人で〈カンクジョー〉を守っていた長男のアーチくんもホッとしているに違いない。なお、国内に居たフウガ氏の旧知である〈風のエキスパート〉カザミ氏のサポートがあったとはいえ、留守中のアーチくんの風車の管理報告は実に適切なものであったこともお知らせしておこう。

そして、私はここで百パーセント確実な予言をしよう。

明日の午後一時。フウガ氏が乗った客船〈ホープ〉が港に着く頃には、町中の人間が出迎えるに違いない。出迎えができなくても、なんとかして一目見ようと画策するに違いない。何故なら、フウガ氏からアーチくんに届いた手紙には、〈四人で並んで〉とあったからだ。聡明な読者諸兄ならおわかりになるだろう。

四人で一緒に並んでタラップを降りると書いてあったのだ！

大きな喜びとアーチくんと共に、彼らを出迎えようではないか。　（Y・S記）

bonus track

それからのこと、これからのこと

《アーチくんへ。

元気ですか？　手紙をありがとう。三ヶ月も前に書いてもらったのに返事が遅れてしまって申し訳ない。何せこちらに届いたのがつい一週間ほど前だったのでね。

僕はまだ〈ポロウの村〉で仕事をしているんだ。ちょうど半年ぐらいが過ぎたかな。〈ポロウの村〉の話は聞いたことがあるよね。世界で最初の〈自由領域〉として認められた、とても美しいところだ。アーチくんたちの町とは全然違う雰囲気だけれども、いろいろと似ているところもあると思う。

荷物と一緒に送ったのはこの村の名物で、有名な〈ポロウの蜂蜜〉だ。何でもその昔はこれを食べ続けていると不老不死になれるという伝説さえあったらしい。本当かどうかはわからないけど、〈エキスパート〉として言えるけれどとても滋養強壮には良い効果があることは間違いない。ぜひ、キサちゃんトアちゃんにも食べさせてあげてほしい。あ、もちろんアカリさんは知っているだろうけど、一歳になったばかりのレオンくんにはまだ食べさせないでね。もうちょっと大きくなるまでおあずけだ。

レオンくんの写真も送ってくれてありがとう。とても可愛い男の子だね。キサちゃんもトアちゃんも弟ができて喜んでいるんじゃないかな。弟か妹が欲しいっていつも言っていたからね。そうそう、キサちゃんトアちゃんがすっかりお姉さんっぽくなっているのにも驚いたよ。もう会っても抱っことかできないね。

フウガさん、アカリさん、それからマイカさんにロドウさん、アミちゃんにカイくんにメグちゃんにリックくんも元気そうで何より。久しぶりに皆の様子がわかって本当に嬉しかった。

ここでの仕事はまだしばらく続くけれど、終わったら次の仕事の前に顔を出そうと思っている。

さて、こうしてお礼の手紙を書いているけれども、実はお願いもあるんだ。

芸術家であり、同時に〈風のエキスパート〉の資質も合わせ持つ、〈風のアーチスト〉としてのアーチくんに。

実はこの〈ポロウの村〉はとても不思議な村で、僕たち〈エキスパート〉の能力だけではうまく物事が進まない場合がままあるんだ。

子供っぽいと笑われてしまうかもしれないけれど、妖精たちの仕業としか思えないことが、たくさんこの村では起こる。そういう伝説もたくさん残っている。詳しいことは、別便で送ったレポートを読んでほしい。わからないことがあったらお父さんに聞いてほしい。お父さんもこの村のことについてはよく知っているから。

ややこしいことがいろいろと書いてあるとは思うけれど、アーチくんにお願いしたいことは簡単。いや簡単なんて言っちゃ怒られるな。

ここに来て、何かを作ってほしい。

もちろん、何を作ればいいのか、どんなものがいいのかは、アーチくんの感性に任せる。偉そうに任せる、なんて書いたけど、正直僕たちには判断できないから任せてしまうんだけどね。

〈風町〉から〈ポロウの村〉に来るのは、けっこう大変で、何日も船に乗って汽車に揺られることになってしまう。せっかくの夏休みをほとんど潰してしまうことになってしまって本当に申し訳ないけど、ぜひ、来てほしい。

きっとアーチくんのためにもなると思うんだ。》

☆

びっくりした。

ホテルからタクシーで〈ポロウの村〉の入口まで来て、「ここがそうですよ」って言われて下りて、その森の中に一歩足を踏み入れた途端。

色が変わったんだ。

驚いて辺りをきょろきょろ見回してしまったぐらい。

「どうしたの？」

アミが僕の顔を見てきょとんとしていた。

「空気が、違う？」

「え？」

アミも顔を動かしながら息を深く吸い込んだ。

「うん、まぁ、とても空気がきれいなところだけど」

それはそうだと思う。自動車も走っていてマッチ工場なんかもある僕らの町とは違って、ここにはそういうものが何もない。だから空気がきれいなのはあたりまえなんだろうけど。

なんだろうこの感覚。

僕の眼に映るモノクロの世界がさらに鮮やかになったような、感覚。僕は視力悪くないから眼鏡は掛けていないけど、ひょっとしたら近眼のカイくんなんかは、初めて眼鏡を掛けたときにはこんな感覚を味わったんだろうか。

何もかもがさらにクリアーになったような。

どうしてそうなるのかはわからなかったけど、ちょっと、嬉しくなって笑ってしまった。

「ミズヤさんの言ってた通りだ」

ここに来ればきっと僕のためにもいいって手紙に書いてあったけど、そうかもしれない。今までにない感覚を味わえるのって、楽しいんだ。

二人で森の中に入っていった。森に入ったところに、ミズヤさんが迎えに来てくれるって手紙には書いてあったけど。

「でも」

アミもなんだか嬉しそうな顔をして言った。

「緑が濃いね。ミズヤさんが仕事をしているせいなのかな」

「そうかもね」

本当にそう思う。気のせいじゃなくて本当に緑が濃い。僕たちの住んでいるところとはぜんぜん違う国だから、生えている草や木もなんだか形が違ったりする。

〈ポロウの村〉のことは、とても不思議な場所だってことぐらいしか知らなかった。

〈ポロウの蜂蜜〉も、前にロドウさんがお土産に買ってきたのが〈ハーバーライツ〉にあったぐらい。トーストに塗った物をユーミさんが食べさせてくれて、美味しかったけど、ただそれだけ。

「馬車！」

アミが嬉しそうに言って前を指差した。真っ黒な馬が小さな馬車を引いてゆっくり歩いてくる。

馬車は、初めて見たかもしれない。写真とかではもちろん見たことあるけれど。

「ミズヤさんが乗ってる」

二人で早足で歩いて、近づいていった。森の中に円形の広場みたいなのがあって、馬車はゆっくりとそこを回って方向転換している。僕とアミの眼の前でゆっくりと停まった。

「アーチくん！　アミちゃん！」

ミズヤさんが、確か御者台って呼ぶところからひょいと軽く飛び降りてきた。父さんもそうなんだけど、〈エキスパート〉の人たちってみんな身が軽いと思う。それも資質のひとつなんだろうか。

「よく来てくれたね！」

大きくなったなって僕の肩を軽く叩いて、アミにはきれいになったねって言って軽く抱きあって。

ミズヤさんに会うのは、三年ぶりなんだ。

ミズヤさんは今、この村の〈水の流れ〉の留まりを調査している。はるか昔からずっときれいな水が湧き出ていた〈ロッコ池〉に異変が起きたからなんだそうだ。

「ここが、〈ロッコ池〉」

池が六個あるからロッコ池っていう名前になったとか。馬を馬車から外してやると、自分でとことこ歩いていって池の水を飲み出した。

「馬、カワイイね」

アミが嬉しそうな顔をして言った。

「もう慣れた頃だろうから、撫でてあげてごらん」

「いいの？」

アミがそっと近づいていくと、馬はそっとアミに鼻先を近づけた。アミが撫でると、大人しく眼を閉じて気持ち良さそうにしている。近くにあったちょうどいい大きさの岩にミズヤさんが座ったので僕もそうした。

「異変というのは、まぁ単純に言ってしまうと湧き水が止まってしまったんだね」

池の底から常に湧き上がっていたきれいな水。この〈ロッコ池〉は本当に透明なとんでもないぐらい澄んだ池だったらしい。

「冗談抜きで、水がないんじゃないかと思うぐらい澄んでいたそうなんだ」

「そんなに」

今の〈ロッコ池〉は、まぁ普通のキレイな池だ。

「原因をずっと調べているんだけど、どうにも判然としない部分があってね」

「判然としない？」

ミズヤさんが少し顔を顰めた。

「〈ポロウの村〉の〈水の流れ〉は、とても美しいんだ。何の問題もない。むしろ、こんなに美しい水流があっていいんだろうかってぐらいに素晴らしいんだ。それなのに、何百年、ひょっとしたら何千年に亘って湧き出ていたここの水だけが止まってしまっている。地と風と水の関係にもおかしなところはない。とすると、この原因は」

「ギフト、ですか？」

ミズヤさんが、こくんと頷いた。前に説明されたことがあるのを僕は覚えていた。

〈エキスパート〉はこの世界にある、すべてが関連するその輪の上で仕事をしている。

でも、連鎖の中に存在しないはずのものが何かを与えてくれたり影響しあうことがある。

幽霊とか、怪物とか、精霊とか、あるいは神様とか。昔から語り継がれて、人の心の中に確かにあるもの。それを〈エキスパート〉は〈ギフト〉って呼んでる。

「この村に住む人たちは、精霊や妖精の存在を今も信じている。本当にいるのかどうかは僕にはわからないけど、村の人たちのそういう思いが本来影響しないはずの自然の輪に何かしらのものを与えていると判断したんだ」

「その影響を、僕がなんとかできるんですか？」

ミズヤさんがにっこり笑って頷いた。

「僕はそう直感した」

〈エキスパート〉の直感は決して間違ったものにならない。アーチくんには別の意味で、感じてほしいって、ミズヤさんが続けた。

「この村で暮らして、人の思いに触れて、村を歩いて自然の美しさを感じて、そしてアーチくんの中に生まれてきたものを形にして、ここに置けばいいと思ったところにそれを置いてほしいんだ」

「そうすることによって、ですか」

「そう」

大きくミズヤさんが頷いた。

「優れた芸術家が世に送り出すものには、人の心を動かす何かがある。その〈何か〉は、僕たち〈エキスパート〉が把握し切れないものだ。連鎖の中に存在しないはずのものと同じ。だから、アーチくんの作品が、きっとこの〈ギフト〉を開いてくれると僕は確信している。それできっと留まった水の流れは動き出し、そこから何かが生まれるはずだ」

ミズヤさんが借りていた小さな石造りの家に、僕とアミもここにいる間は一緒に住むことになって、次の日から三人で一緒に〈ポロウの村〉を歩き回った。すごくクラシカルな形をした自転車も借りたし、遠くに行くときには馬車に乗って。自動車を使わないこの村では、皆馬車で移動するんだ。

ミズヤさんが言っていた通り、ここはとてもきれいなものばかりがある村だった。〈カリント丘〉の上の〈ポロウ農学校〉、きれいな水が湧き出ていた〈ロッコ池〉、遥か向こうに聳える〈ウォー山脈〉、湿地帯の〈オオガラスの巣〉に、〈ニンフの舞台〉と呼ばれる〈グレートストーン〉、妖精のお墓があるという〈カミイ山〉。咲き乱れるたくさんの花々、青々と繁る葉、清涼な空気、村をぐるりと取り囲みどこまでも続く黒茶色の石塁。

何もかもが色鮮やかで、生命力にあふれていて、そうして静かにそこに根を張るようにして息づいている村。

夕方が近くなった頃、映画館の屋上にあるテーブルを囲んで、三人でハーブティーを飲んでいた。この映画館は村の中でも高い方の建物で、ここでぐるりと村を見渡すことができる。いちばん高いのは、教会の登楼だ。この屋上よりきっと二階分ぐらい高い。

空がだんだんとその色を変え始めている。きっと僕たちの町ではそろそろ街灯なんかも点き出す頃だけど、この村では電気は点かない。電気はちゃんと来ているけれども、ほとんどランプの生活をしているんだ。

「本当に、きれいな村だね」

アミが言った。

「うん」

「今度来るときには、皆と一緒に来られたらいいな」

「そうだね」

僕たちの町も朝陽と夕陽が一緒に見られたり、きれいな自然がたくさんある町だけど、ここの自然の美しさにはかなわないなって感じた。もちろん比べることがおかしいんだけど。

僕たちの町には、人が作った美しいものがたくさんある。大きな煙突から煙を吐き出すマッチ工場はまるでレンガで造った要塞みたいで恰好良い。新聞社のビルは砂岩作りで堂々としている。駅舎の屋根は船大工の人が造ったもので、まるで虹のようなカーブは見る度に惚れ惚れするぐらい。

この村にももちろん建物はたくさんあるけれども、どれも素朴な造りのものばかり。建築家が綿密な計算のもとにデザインして造ったような建物はない。

自然も、人が造ったものも、同じように美しいものなんだ。

神様が作ったような美しい自然をそのままにして、暮らす人たちの村。妖精や伝説を信じて、それを心の中に秘めている人たちの村。

「アーチ、見て」

アミが微笑んで空を指差した。

「もう月が出ている」

教会の登楼のはるか上、薄く見える月。

「そうか」

急にそれが頭の中に浮かんだ。

「ミズヤさん、どこに何を作ってもいいんですよね」

「もちろん」

ミズヤさんが頷いた。

「村の代表会議でも決まっている。何もかも僕とアーチに任すって。ただひとつ、大きな音を出すものはダメだけど、元々アーチはそういうものは作らないよね」

「そうですね」

今まで音を出すものは作ったことはない。

「何か浮かんだのかい」

「はい」

もうそれしか僕の頭になかった。

「風見鶏を、作ります」

「風見鶏？」

アミがちょっと眼を大きくして、それから村を見回した。

「そういえばここって、風見鶏がひとつもない」

ミズヤさんがポン、とテーブルを叩いて頷いた。

「気づかなかったけど、確かにそうだ。僕もここでは一回も見たことがない」

「それから、鶏じゃなくて、妖精にします」

「妖精」

「きっとこの村では、伝説になっている妖精たちの様子を絵に描いたものがありますよね?」

ミズヤさんが頷いた。

「学校の図書館に行けばいろいろとある。それは僕も仕事を始めるときに確認した」

「村の人たちに聞いて、いちばん代表的なその妖精の形をした風見鶏を作って、村でいちばん高いあの教会の登楼の先端に付けましょう」

ミズヤさんはほんの少し考えるような顔をしたけど、すぐに微笑んだ。

「それが必要だって思ったんだね?」

「はい」

それこそ、直感だけど。

「なんとなく、この村の人たちはそれを見たいんじゃないかなって思いました。妖精の姿を」

そして、ただの平面的な風見鶏じゃなくて風の向きによって、見る方向によってその姿が違って見えるような妖精の形をした風見鶏。村のいちばん高いところでくるくると回って、村全部を見渡しているような妖精の姿。

きっと、月のきれいな夜には、見る場所で月の上で遊んでいるようにも見えるかもしれない。沈む夕陽に照らされて、憂いに沈むような表情を見せて、朝陽に向かって微笑んでいるようにも見える妖精。

「そういうのを、作ります」

「いいね」

ミズヤさんが、にっこり笑って大きく頷いた。

☆

≪アーチくんへ。

本当に時の過ぎるのは早いね。アーチくんとアミちゃんがここを去ってからあっという間に半年が過ぎてしまった。そちらはそろそろ雪解けが終わった頃かな。春がやってきて、いろんな草花がいっせいに芽吹いているかもしれないね。

急に大きな荷物が届いて驚いたろう。それは、村の人たちからの心からの贈り物なんだ。たくさんの蜂蜜はもちろんだけど、村の人の手作りの革製品やチーズ、ハーブティーに、そちらでは咲いていない花の種なんかも入っている。他にもいろいろあったろう？　あんまりたくさん送っても困るからって選ばせるのに大変だったんだ。

皆が感謝しているよ。〈ロッコ池〉を元に戻してくれたアーチくんに。もっともどうして妖精の風見鶏を作っただけで元に戻ったのかは誰もわからなかったけどね。そういうものなんだって納得してくれたけど。

それを抜きにしてもあの風見鶏は本当に大好評なんだ。どこからどう見ても同じ姿に見えないのは、見る度に違う姿に見えるのはいったいどうしてなんだろうって、今でも毎日子供たちが見上げて不思議がっている。大人たちもね。本物の芸術家の作品とはこういうものかって何度も感嘆しているよ。

ぜひまた遊びに来てほしいって皆が言っている。何だったらここに住んでもらってもいいし、それは無理にしても住む家は提供するから別荘にでも使ってほしいって言ってるよ。もしそうできるんなら、それもいいかなって僕も思う。

ここはきっとアーチくんのインスピレーションを湧かせる場所だと思うから。一年に一回、二年に一回でも遊びに来るといいんじゃないかな。

とにかく、ありがとう。ご苦労様でした。改めて僕からもお礼を言います。

そろそろ僕の仕事も終わるから、そちらに寄れると思う。

会ったときに言おうとも思ったけど、そっちで待っている人がやきもきしているかもしれないから書いておこう。

もう少し先の話になるけれど、僕はそこに家を借りようと思う。そう、〈風町〉に。〈エキスパート〉の宿命で、一年中あちこちに出掛けることにはなるけれども、帰る家を、町を、そこに決めようと思っているんだ。

そっちで待っている、そして一緒に住む人は、ユーミさんなんだ。これはまだフウガさんにも言ってないから驚くかもしれないね。

そのときには、今度はご近所さんとして、またよろしく。》

文春文庫

キサトア

定価はカバーに
表示してあります

2012年5月10日　第1刷

著　者　小路《しょうじ》幸《ゆき》也《や》
発行者　羽鳥好之
発行所　株式会社　文藝春秋

東京都千代田区紀尾井町 3-23　〒102-8008
TEL　03・3265・1211
文藝春秋ホームページ　http://www.bunshun.co.jp

落丁、乱丁本は、お手数ですが小社製作部宛お送り下さい。送料小社負担でお取替致します。

印刷・大日本印刷　製本・加藤製本

Printed in Japan
ISBN978-4-16-780190-8